THE BAD BEGINNING

LEMONY SNICKET

波特莱尔大冒险

1

悲惨的开始

[美] 雷蒙尼·斯尼科特 著　　周思芸　江坤山 译

人民文学出版社

PEOPLE'S LITERATURE PUBLISHING HOUSE

著作权合同登记号　图字 01-2016-6572

THE BAD BEGINNING by Lemony Snicket
copyright © 1999 by Lemony Snicket
Simplified Chinese translation copyright © 2017
by Shanghai 99 Readers' Culture Co., Ltd.
Published by arrangement with HarperCollins Children's Books
through Bardon-Chinese Media Agency
ALL RIGHTS RESERVED

图书在版编目(CIP)数据

悲惨的开始 /(美)雷蒙尼·斯尼科特著;周思芸,
江坤山译.—北京:人民文学出版社,2016
(波特莱尔大冒险)
ISBN 978-7-02-012063-5

Ⅰ.①悲⋯　Ⅱ.①雷⋯　②周⋯　③江⋯　Ⅲ.①儿童小
说-长篇小说-美国-现代　Ⅳ.①I712.84

中国版本图书馆 CIP 数据核字(2016)第 234961 号

责任编辑:甘　慧　仲召明　任　战
封面及内文绘图:刘鑫锋
封面设计:高静芳

出版发行　人民文学出版社
社　　址　北京市朝内大街 166 号
邮政编码　100705
网　　址　http://www.rw-cn.com

印　　刷　山东德州新华印务有限责任公司
经　　销　全国新华书店等

开　　本　890 毫米×1240 毫米　1/32
印　　张　4
字　　数　61 千字
版　　次　2017 年 1 月北京第 1 版
印　　次　2017 年 1 月第 1 次印刷

书　　号　978-7-02-012063-5
定　　价　20.00 元

如有印装质量问题,请与本社图书销售中心调换。电话:010-65233595

献给

亲爱的，心爱的，已故的

贝特丽丝

1.

就在远远的地方，
布莱尼海滩雾蒙蒙的岸边，
可以看见一个高大的身影
正向波特莱尔家的孩子们走过来。

　　如果你只对有快乐结局的故事感兴趣，那么你最好去看别的书。在这本书里，没有快乐的结局，也没有快乐的开始，甚至中间也没有太多快乐的事。这是因为波特莱尔三姐弟，在生活中很少碰到快乐的事。波特莱尔三姐弟——奥薇特、克劳斯和桑妮，是很聪明的孩子，他们不但机智、迷人，看起来也很可爱，可是他们的运气实在太坏，发生在他们身上的事，几乎都充满不幸、悲惨，以及绝望。很抱歉我这么说，不过故事就是这么发生的。

　　他们的不幸，就从在布莱尼海滩的那天开始。波特莱尔三姐弟和父母亲一起住在肮脏、繁忙的城市里，他们的大宅邸就位于城市的中心。偶尔，父母亲会准许他们推着那台"老爷推车"到海边去——"老爷推车"你懂吗？意思就是摇摇晃晃，简直就快散掉了的推车。孩子们会在海边逗留个一整天，就像在度假一样，直到晚餐时间才回家。这天早上，天空又灰又暗，不过这一点也不影响波特莱尔家的孩子们。因为如果天气晴朗炎热，布莱尼海滩就会塞满观光客，根本就不可能有地方让你把毯子好好地铺在沙滩上；如果天空乌云密布、灰灰暗暗的，那么这个沙滩可就只属于波特莱尔家的孩子们了，他们想做什么都可以。

　　奥薇特·波特莱尔是大姐，她喜欢打水漂儿。跟大部分

十四岁的青少年一样，她是个右撇子，所以把石子丢向朦胧的水面时，用右手丢总是比她用左手丢得远。当她打水漂儿时，会看着地平线，然后想着她要发明的东西。了解奥薇特的人都知道，她是真的很努力地在思考，因为她都用丝带把长发扎起来，以免遮住眼睛。奥薇特很懂得发明和制造奇怪装置的窍门，她的脑子里总是装满了滑轮、杠杆和齿轮的画面，所以她不想被头发这种琐碎的东西干扰。这个早晨，她正在想如何才能制造出一种器具，可以在你把石子丢向海中之后，再把它拿回来。

老二克劳斯·波特莱尔是家中唯一的男孩子，喜欢研究潮池中的生物。他已经十二岁了，戴着一副眼镜，所以看起来挺聪明的。他是真的很聪明。波特莱尔夫妇在家里有一间超大的图书室，里面放满了几千本各种不同领域的书。克劳斯只有十二岁，当然没办法把家里图书室的书全部读完，不过他也看了不少，而且从中获得了许多知识。他知道如何分辨短吻鳄和非洲鳄的不同；他知道是谁杀了恺撒大帝；他还认得很多在布莱尼海滩上可以见到的黏糊糊的小生物，他现在正在研究它们呢。

桑妮·波特莱尔是最小的一个，喜欢咬东西。她还是个婴儿，个子很小，只比靴子大上那么一点点。她的个子虽然比不上人家，但她那四颗牙齿又大又锐利，可就没有人比得上了。桑妮这种年龄的孩子通常只会发出一串让人听不懂的叫声。偶尔她会说出几个正确的字眼，譬如"瓶瓶"、"妈咪"和"咬咬"，但除此之外，大部分人很难听得懂她在说什么。像今天早上，她一直说"快快！快快！"，意思可能是"看看雾里面那个怪怪的影子！"

此话不假！就在远远的地方，布莱尼海滩雾蒙蒙的岸边，可以看见一个高大的身影正向波特莱尔家的孩子们走过来。桑妮早就看见了，叫了好一会儿。克劳斯正在研究毛刺蟹，这时抬起头来也看见了。他碰碰奥薇特的手臂，把她从发明的思绪中拉回来。

"你看！"克劳斯指着那个影子说。影子靠得更近了，他们可以看得更清楚。它差不多是个大人的身材，只不过它的头高高的，而且很方正。

"你想那是什么东西啊？"奥薇特问。

"不知道！"克劳斯眯着眼睛看，然后说，"不过它好像朝我们这边走过来了。"

"海边只有我们啊，"奥薇特有点紧张地说，"应该不会有人向我们这边走过来才对。"她的左手正握着一颗细扁光滑的石头，本来想把它尽力抛向远远的海面，不过现在，有

那么一刹那，她却想把它抛向那个影子，因为它看起来实在有点吓人。

克劳斯仿佛看透了姐姐的心思，他说："因为有雾，所以才看起来有点吓人。"

这倒是真的。当那个身影走到孩子们面前时，他们都松了一口气。这不是什么恐怖的东西，而是他们都认识的一个人：波先生。波先生是波特莱尔夫妇的朋友，孩子们在家里的晚餐聚会上见过他好几次。奥薇特、克劳斯和桑妮最喜欢他们爸妈的一点是，当家里有客人来拜访的时候，不会叫他们走开。只要他们愿意帮忙收拾餐桌，爸妈就会让他们上桌跟大人一起吃饭，参与大人之间的谈话。孩子们都记得波先生，因为他总是在感冒，没隔多久就会跟大家说声抱歉，然后走到隔壁房间去咳嗽。

波先生拿下头上的大礼帽，就是这顶帽子让他的头在雾中看起来又大又方。他站在那里，对着白手帕猛烈咳嗽。奥薇特和克劳斯走过去和他握手问好。

"您好吗？"奥薇特说。

"您好吗？"克劳斯说。

"好！"桑妮说。

"很好！谢谢你们。"波先生说，不过他看起来很悲伤。

接下来的几秒钟都没有人说话。孩子们觉得波先生这个时候出现在布莱尼海滩有点奇怪，他不是应该在城里的银行吗？那才是他工作的地方，而且他的穿着也不像是要来海边的样子。

"天气真好。"奥薇特终于开口，制造点话题。桑妮也发出声音，听起来像是生气的鸟儿在尖叫，克劳斯把她抱起来。

"是啊！天气真好。"波先生瞪着空无一人的海滩，心不在焉地说，"我恐怕有个很坏的消息要告诉你们。"

三姐弟看着他。奥薇特的左手还握着石头，心里面有点不好意思，她很庆幸自己并没有把石头丢向波先生。

"你们的父母亲，"波先生说，"在一场可怕的大火中去世了。"

孩子们没有说话。

"他们去世了，"波先生说，"那场大火把整栋房子都烧了。亲爱的，我非常、非常难过，却不得不告诉你们这个消息。"

奥薇特把视线从波先生身上挪开，望向茫茫的大海。波先生以前从来没有叫过他们"亲爱的"。她听懂了波先生的话，但她认为波先生一定是在开玩笑；他在跟她和弟妹们开

一个可怕的玩笑。

"去世，"波先生说，"意思就是死了。"

"我们*知道*去世的意思。"克劳斯别扭地说。他确实知道"去世"是什么意思，不过他还是不明白波先生说的到底是什么，他觉得波先生一定有什么地方说错了。

"当然，后来消防队赶来了，"波先生说，"不过已经太晚了，整栋房子都被大火吞噬，烧得精光。"

克劳斯在他的脑海里想象着，图书室里的那些书在熊熊大火中烧成了灰烬。如今，他再也不可能将它们全部看完了。

波先生又对着白手帕咳嗽了好几次，然后继续说道："我是来这里把你们带回去的，先把你们带到我家，在我们想出该怎么办之前，你们可以在我家住一阵子。我是你们父母亲遗产的执行者，意思就是，我会管理他们留下来的大笔遗产，并安排你们的去处。等到奥薇特长大之后，这些财产都会是你们的，不过在这之前，银行会先替你们保管。"

虽然波先生说自己是遗产的执行者，奥薇特却觉得他像是死刑的执行者。他就这么走到海边来，永远改变了他们的人生。

"跟我来吧。"波先生说着，伸出他的手来。奥薇特得把手中的石头扔掉，好让波先生牵着她。克劳斯牵着奥薇特的另一只手，桑妮则牵着克劳斯的另一只手。波特莱尔家的三个孩子——现在应该改称波特莱尔家的三个孤儿了——就这么牵着波先生的手，离开了海边，也离开了他们先前的生活。

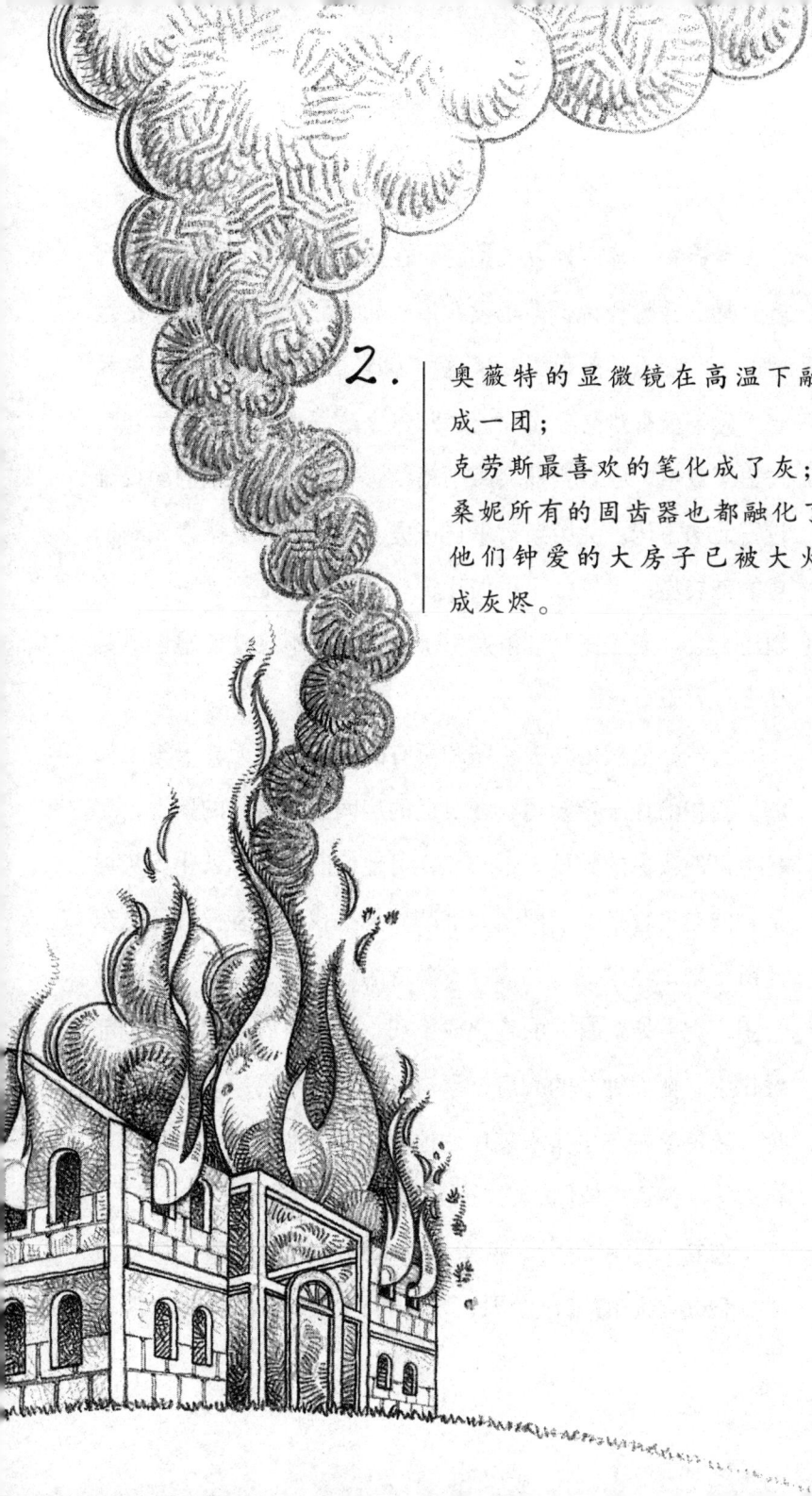

2.

奥薇特的显微镜在高温下融化
成一团；
克劳斯最喜欢的笔化成了灰；
桑妮所有的固齿器也都融化了。
他们钟爱的大房子已被大火烧
成灰烬。

奥薇特、克劳斯以及桑妮，在接下来这段时间心情会有多么糟，我想我说再多也没有用。如果你也曾失去过非常重要的人，那么你就可以知道这种感觉；但如果你没有这种经验，恐怕就很难想象了。波特莱尔家这三个孩子，因为同时失去了双亲，心情当然会特别糟糕。有好几天，他们简直难过得无法下床。克劳斯对书再也提不起兴趣。奥薇特充满创意的脑袋里，齿轮似乎也停止转动了。即使是桑妮——当然她还太小，无法完全理解发生了什么事，不过就连她也不再那么热衷于啃东西了。

当然，他们也失去了家和所有的东西，这无异于雪上加霜。我相信你一定知道，在自己的房间里，自己的床上，总是可以使凄凉的处境好过一点，可他们的床也早就化为灰烬了。波先生曾带他们回到大宅邸，去找找看还有没有什么东西留下来，结果极为悲惨：奥薇特的显微镜在高温下融化成一团，克劳斯最喜欢的笔化成了灰，桑妮所有的固齿器也都融化了。他们钟爱的大房子已被大火烧成灰烬：大钢琴的碎片、波特莱尔先生用来装白兰地酒的华丽瓶子、窗边烧焦的椅垫——窗边是他们的妈妈最喜欢坐下来看书的地方。

波特莱尔家的三个孩子必须从这可怕的失落中恢复过来，但是他们的家已经毁了，不得已只好和波先生一家人

住，这实在不怎么令人愉快。波先生很少在家，因为他忙于处理波特莱尔家的杂事；而当他在家的时候，又总是因咳嗽而无法跟孩子们交谈。波太太为三个孤儿买了衣服，但颜色都很古怪，而且穿起来痒痒的。波家的两个孩子——埃德加和艾伯特——是既吵闹又讨厌的男孩，波特莱尔家的孩子得跟他们挤在一个小小的房间里，房间闻起来还有一种可怕花朵的味道。

即使处于这样的环境之中，孩子们在晚餐时听到波先生宣布的消息之后，心情仍然很复杂。那顿晚餐没有什么滋味，他们吃水煮鸡肉、水煮马铃薯，还有"炖"扁豆荚，只不过这里说的"炖"还是"水煮"的意思。波先生在晚餐时宣布，孩子们明天早上就要离开波家了。

"太好了。"艾伯特说，他的牙齿上面粘着一片马铃薯，"我们现在可以把房间要回来了，我已经不想再和别人一起睡了。奥薇特和克劳斯总是摆着一张苦瓜脸，一点也不有趣。"

"而且那婴儿总是在咬东西。"埃德加说着，把鸡骨头扔到地上，就像动物园里的动物，完全不像受人敬重的银行家的儿子。

"我们要去哪里？"奥薇特紧张地问。

波先生张开嘴巴正要说话，却突然爆出一阵短促的咳嗽声。最后他终于说了："我已经安排好了，你们的一个远亲会抚养你们。他住在城市的另一边，名字叫做欧拉夫伯爵。"

奥薇特、克劳斯和桑妮你看看我，我看看你，不知道该说些什么。一方面，他们不想在波家继续住下去了；另一方面，他们从来没听说过欧拉夫伯爵，更不知道他是怎么样的人。

"你们的父母在遗嘱上指示，"波先生说，"希望尽可能以最方便的方式将你们抚养长大。如果留在这个城市里，你们对环境就比较熟悉，而你们在这个城里唯一的亲戚就是欧拉夫伯爵了。"

克劳斯想了大约一分钟，然后吞下嘴里那口嚼碎了的豆子，说："可是爸妈从来没有跟我们提起过这位欧拉夫伯爵，他究竟是我们的哪一门亲戚呢？"

波先生叹了一口气，低头看看桑妮，桑妮正咬着一根叉子，仔细地听着。"他不是三等亲的第四个表兄弟，就是四等亲的第三个表兄弟。他不是你们血缘上最近的亲戚，却是住得最近的一个了，这就是为什么……"

"如果他住在这个城里，"奥薇特，"爸妈为什么从来没有请他到家里来过呢？"

"有可能因为他很忙，"波先生说，"他的职业是演员，经常要和不同的剧团到世界各地去巡回演出。"

"我以为他是一位伯爵。"克劳斯说。

"他是伯爵，也是个演员。"波先生说，"好了，我不是要打断我们的晚餐，不过你们得去收拾一下行李，我还要回银行去办点事。就像你们的新法定监护人一样，我自己也有很多事要忙。"

孩子们还有很多问题要问波先生，不过他已经从餐桌旁站起身来，手轻轻地挥了一下，走出了餐厅。他们听到他在手帕里咳嗽的声音，以及走出去后大门嘎吱关上的声音。

"好了，"波太太说，"你们三个最好开始打包。埃德加、艾伯特，来帮我收拾餐桌。"

波特莱尔家的三个孤儿只好走回卧室，闷闷不乐地开始收拾他们有限的东西。克劳斯嫌恶地看着波太太帮他买的每一件难看的衬衫，然后把它们叠好，放进手提箱中。奥薇特环顾这个他们曾经住过的狭窄、难闻的房间。桑妮则大模大样地爬来爬去，咬遍了埃德加和艾伯特的每一双鞋子，在上面留下她那小小的齿痕，好让他们永远不会忘记她。三个孩子不时看向彼此，但面对如此悲惨的未来，他们实在是无话可说。到了睡觉的时间，他们整夜辗转反侧，夹在埃德加和艾伯特的鼾声，以及自己脑子里忧虑的思绪之间，他们几乎难以成眠。终于，波先生敲敲房门，探进头来。

"快起床喽，孩子们。"他说，"该去欧拉夫伯爵家了。"

奥薇特看着这个拥挤的房间，尽管并不喜欢，但是一想到要离开这里，她还是感到很紧张。"我们一定要现在就走吗？"她问。

波先生正准备回答，不过他得先咳几声才能开口说话。"是的。我到银行前得先把你们送过去，所以我们必须尽快出门。请快快起床换好衣服。"他轻快地说。"轻快"在这里的含义是："快点儿！波特莱尔家的小鬼快点离开这个家吧。"

波特莱尔家的孩子离开了家门。波先生的车子沿着城里的鹅卵石街道，轰隆隆地驶向邻近的欧拉夫伯爵家。他们在忧闷街上超越了马车和摩托车；他们还经过了无常喷泉，这是一个精雕细琢的纪念碑，偶尔会喷出水来让孩子玩；还有一个超大的土堆，那儿以前是皇家花园。没过多久，波先生将车子开进一条窄巷，巷子两旁都是用灰色砖块砌成的房子。走到巷子的中间时，波先生把车子停了下来。

"到了！"波先生的声音显然很愉快，"你们的新家。"

孩子们向外看，发现这是街上最漂亮的一栋房子。砖墙清洗得很干净，透过宽敞的窗户可以看到各式各样照顾得很好的植物。门口站着一位稍有年纪的女士，穿着得体，一只手扶着闪闪发亮的黄铜门把，另一只手拿着个花盆。她正对着孩子们微笑。

"嗨！"她大声说，"你们应该就是欧拉夫伯爵要领养的孩子吧？"

奥薇特推开门，走下车去和这位女士握手。奥薇特感到她的手非常坚定而温暖，许久以来的第一次，奥薇特几乎以为她和弟弟妹妹的生活就要从此改善了。"是的。"她说，"就是我们。我是奥薇特，这是我弟弟克劳斯和妹妹桑妮。那位是波先生，自从父母亲去世之后，都是波先生在帮我们处理事情。"

"嗯，那个意外我听说了。"这位女士平静的口气就像说"你好"一般，"我是斯特劳斯法官。"

"您的名字很少见啊！"克劳斯发表意见。

"那是我的职务，"她解释，"不是我的名字。我在最高法院当法官。"

"真棒啊！"奥薇特说，"您是欧拉夫伯爵的夫人吗？"

"哦不！老天爷。"斯特劳斯法官说，"我其实跟他并不熟，他只是住在我隔壁的邻居。"

孩子们把视线从斯特劳斯法官这栋洁净的房子，移往隔壁那栋残破的房子。后者的砖墙糊着煤烟和污垢，只有两个小窗户，而且即使在这样一个好天气，窗子还是挂着百叶帘；窗子上方伸出一个肮脏的高塔，稍稍向左方倾斜；大门需要重新油漆一番，门的正中央还雕刻了一个眼睛的图案。整个建筑物向一边歪斜，就像一颗歪扭的牙齿。

"哦哦！"桑妮说着，大家都知道她这么说是什么意思。她的意思是："真是个可怕的地方啊！我才不要住在这里呢！"

"很高兴认识您。"奥薇特对斯特劳斯法官说。

"是啊！"斯特劳斯法官比一下手中的花盆说，"或许哪一天，你可以来帮我整理整理花园。"

"那一定会很愉快的。"奥薇特非常伤心地说。帮助斯特劳斯法官整理花园当然会很愉快，不过，奥薇特忍不住想着，如果能住在斯特劳斯法官的房子，而不是欧拉夫伯爵的房子里，一定会更令人愉快。奥薇特不明白，到底是什么样的人会在大门上刻一只眼睛。

波先生向斯特劳斯法官提起帽子示意，而斯特劳斯法官则对孩子们笑了笑，然后就消失在她可爱的房子里了。克劳斯往前走向欧拉夫伯爵的房子，举起手来敲门，他的指关节

正好敲在那只眼睛上头。一会儿之后，门嘎的一声开了，孩子们第一次见到欧拉夫伯爵。

"嗨！嗨！嗨！"欧拉夫伯爵气喘吁吁地说。他又高又瘦，穿着灰色的衣服，上面还沾着许多污渍；他满脸胡楂，而且不像一般人有两道眉毛，他的眉毛只有长长的一条；他的眼睛闪闪发亮，使他看起来好像很饥饿，又像是在生气。"哈啰！我的孩子们，请进来你们的新家。鞋子在门口搓一下，别把泥巴带进门来。"

波先生跟在三个孩子的身后一起进到新家。他们一走进屋子里，波特莱尔家的孤儿们就发现，欧拉夫伯爵刚才说的话实在很荒谬。这是他们见过最脏的房子，屋外的一点泥巴根本不会造成什么影响。即便只靠天花板垂挂下来的一只昏黄的电灯泡，他们还是可以很清楚地看见，从钉在墙上的狮子头标本，到木头小桌子上的一碗苹果核，这屋里的每一件东西都很肮脏。克劳斯看看周遭，只希望自己不会哭出来。

"这房子似乎需要整理一下。"昏暗中，波先生环顾四周。

"我知道自己这栋破房子不像波特莱尔家的大宅那么豪华，"欧拉夫伯爵说，"不过，如果你们可以出一点钱，说不定我们就可以把房子稍加修葺。"

波先生惊讶得瞪大了眼睛，他的咳嗽声还在这个阴暗的屋子里回响时，他说话了。"波特莱尔家的财产，"他严肃地说，"不能用在这种地方。事实上，在奥薇特成年之前，都不可以动用。"

欧拉夫伯爵转向波先生，眼中怒火闪烁，就像是条发怒的狗一般。有那么一会儿，奥薇特觉得他就要往波先生的脸上捶过去了。不过，孩子们只看到他细瘦脖子上的喉结动了一下，他咽了一口口水，然后耸耸肩膀。

"好吧。"他说，"反正对我来说都一样。谢谢你把他们带过来，波先生。孩子们，我现在带你们去房间看看。"

"再见了！奥薇特、克劳斯和桑妮。"波先生一面跨出大门，一面说，"我希望你们在这里会很快乐。我偶尔会来看看你们，如果你们有什么问题，也可以随时到银行来找我。"

"可是我们连银行在哪儿也不知道啊！"克劳斯说。

"我有市区的地图，"欧拉夫伯爵说，"再见了，波先生。"

他转身把大门关上。波特莱尔家的孤儿们绝望到了极点，看也没看波先生最后一眼。他们现在只希望还待在波先生家，即使那里有股味道。望着大门也没有用了，孤儿们只好往下看，却看到欧拉夫伯爵虽然穿着鞋子，却没有穿袜

子。在他破破烂烂的裤管和黑鞋子之间，他们可以看见他苍白的脚踝上有个刺青，图案就跟大门上的那只眼睛一样。他们不禁怀疑，这栋房子里到底还有多少只眼睛？是否在接下来的日子里，不论欧拉夫伯爵有没有在附近，他们都会感觉到他就在看着他们？

3.

不知道你有没有注意过，第一印象通常都是错的……

我真希望能够告诉你，波特莱尔家的孩子们对欧拉夫伯爵的第一印象也是错的。

　　不知道你有没有注意过，第一印象通常都是错的。譬如说，你第一次看某幅画时，可能一点也不喜欢，看久了之后却愈看愈满意。还有，你第一次吃意大利哥根索拉蓝奶酪的时候，可能会觉得味道太重了，然而，随着年纪愈来愈大之后，你可能除了哥根索拉蓝奶酪之外，其他什么也不想吃了。桑妮刚出生的时候，克劳斯一点也不喜欢她，但是当她六个星期大的时候，这两个小家伙却变得非常亲密。你最初对许多事情的想法，后来的确可能会改变。

　　就是因为第一印象总是这样，所以我真希望能够告诉你，波特莱尔家的孩子们对欧拉夫伯爵的第一印象也是错的。然而，他们的第一印象，比如欧拉夫伯爵是一个可怕的人，还有他的房子是令人沮丧的猪舍，这些却都是千真万确的。到欧拉夫伯爵家的最初几天，奥薇特、克劳斯和桑妮试着想让自己感觉回到了家，但是一点用也没有。虽然欧拉夫伯爵的房子还挺大的，但这三个孩子却被塞进一个肮脏的房间，而且房里只有一张小床。奥薇特和克劳斯轮流睡床，也就是说，每隔一天，他们就有一个人可以睡在床上，但另一个人就得睡木头地板。不过，床垫实在是太凹凸不平了，所以睡在床上或地板上哪一个更舒服还很难说。为了帮桑妮做一张床，奥薇特把挂在房间里唯一一扇窗户上的那面布满

灰尘的窗帘拿下来，折成一个垫子，大小刚好适合桑妮。然而，破窗户上少了窗帘，每天早晨阳光就直接从外面射进来，孩子们只好很早起床，哀伤地过一整天。他们没有衣柜，只好用一个原本装冰箱的大纸箱来替代，三个孩子的衣服全部叠成一堆放在里面。他们也没有玩具、书和其他可以玩的东西，欧拉夫伯爵只给他们一小堆石头。斑驳的墙上唯一的装饰是一幅又大又丑的画，上头画着一只眼睛，就是欧拉夫伯爵的脚踝上和房子里到处都有的那只眼睛。

不过孩子们知道，我相信你也知道，如果相处的人有趣又善良，那么即使身处全世界最糟的环境中，也是可以忍受的。但是欧拉夫伯爵既不有趣，也不善良；他刻薄、脾气不好，而且身上有股怪味道。唯一一件关于他的好事是，他不常出现。孩子们早上起床，从装冰箱的箱子里拿出衣服穿上，再走到厨房去找欧拉夫伯爵留给他们的纸条。白天他几乎都待在外头，不到晚上是不会出现的。要不然就是在高塔上，那儿是不许孩子们上去的。他留给孩子们的纸条通常都是交代一些讨厌的工作，譬如油漆后阳台或修理窗户，最后他不是签上自己的名字，而是画一只眼睛。

有一天早上，他在纸条上写道："今晚演出前，我剧团的团员会来吃晚饭。他们会在七点钟抵达，在这之前要准备好十人份的晚餐。去买食物，弄好，放好餐具，招待晚餐，结束后清理桌子，离我们远一点。"最后又画了那只眼睛。纸条下放了一点钱给他们买东西。

每天早上，欧拉夫伯爵都会在炉子上留一锅烂燕麦粥给他们。如今，奥薇特和克劳斯看着纸条，吃着早餐，沮丧地看着彼此。

"我们又不知道怎么做饭。"克劳斯说。

"对啊！"奥薇特说，"我知道怎么修理窗户，也会清理烟囱，因为这些事情还算有趣。可是除了烤吐司之外，我什么菜也不会做。"

"而且你有时候还会把吐司烤焦。"克劳斯说。他们两个都笑了，因为他们都记得，有一次两个人起得很早，想为父母亲做一份特别的早餐。结果奥薇特把吐司烤焦了，父母亲闻到烧焦味，跑下楼来看发生了什么事。当他们看到奥薇特和克劳斯绝望地盯着一片片烧成黑色的吐司时，笑了半天。最后还是父母亲帮全家人做了薄煎饼。

"真希望他们在这儿。"奥薇特说，不用多作解释也知道她指的是父母亲，"他们绝不会让我们待在这种可怕的地方。"

"如果他们在这儿，"克劳斯提高了声调，愈来愈激动地

说，"我们就不必跟欧拉夫伯爵一起住了。奥薇特，我讨厌这里！我讨厌这栋房子！我讨厌我们的房间！我讨厌做这些杂事！而且我也讨厌欧拉夫伯爵！"

"我跟你一样。"奥薇特说。克劳斯看着他的姐姐，觉得松了一口气。有时候你说讨厌什么东西，如果有人同意你的想法，你就会觉得舒服一点。"克劳斯，我讨厌我们现在的生活，每一件事都讨厌。"她说，"可是我们还是得打起精神。"他们的父亲总是这么说，意思是"让自己高兴一点"。

"你说得对。"克劳斯说，"可是欧拉夫伯爵就是会让人感到泄气，实在叫人很难打起精神。"

"哟比！"桑妮用汤匙敲着桌子，叫了起来。奥薇特和克劳斯停止了谈话，再一次拿出纸条来看。

"说不定我们可以找一本食谱，研究一下怎么做菜。"克劳斯说，"弄一道简单的菜应该不难的。"

他们花了几分钟翻开厨房里的橱柜，可是没看到什么食谱。

"我一点也不觉得奇怪，"奥薇特说，"我们从来没在这栋房子里看到过任何一本书。"

"我知道。"克劳斯丧气地说，"我好想读书啊。我们一定得赶快出去找个图书馆。"

"不过不是今天。"奥薇特说,"今天我们必须做出十人份的饭。"

就在这个时候,有人敲门了。奥薇特和克劳斯紧张地看着彼此。

"究竟有谁会来拜访欧拉夫伯爵呢?"奥薇特诧异地说。

"说不定是来找我们的。"克劳斯说,可是他并不抱什么希望,因为自从父母亲去世之后,他们的朋友大都不见了。没有人打电话,也没有人写信来,当然也没有人来看他们,这让他们感到非常孤单。当然,你我都不会这样对待朋友,不过在现实的人生当中,这却是个可悲的事实。有时候当一个人失去他所爱的人时,朋友们反而会避不见面,即使这个时候人是最需要朋友的。

奥薇特、克劳斯和桑妮慢吞吞地走到大门口,从门上的洞往外看,门洞的位置正好在那只眼睛上。结果他们很高兴地看到斯特劳斯法官,她也正往门洞里瞧。他们把门打开。

"斯特劳斯法官!"奥薇特大叫,"看到您真好。"她本来还想说:"请进来吧!"可是她又想到,斯特劳斯法官可能不会想进到这昏暗肮脏的屋子里。

"真抱歉我没有早点来拜访,"斯特劳斯法官说,孩子们笨拙地杵在门口,"我想来看看你们住得怎么样了,不过我

在最高法院的工作正好碰上了一件棘手的案子，所以一直很忙。"

"是什么样的案子？"克劳斯问。因为太久没有读书了，克劳斯很渴望能吸收新的资讯。

"我不能说太多，"斯特劳斯法官说，"因为这是职务上的事情。我只能说这是一桩恶意的欺诈，有人盗用别人的信用卡。"

"哇哦！"桑妮大叫，虽然她不可能听得懂，不过她的意思似乎是："多有趣啊！"

斯特劳斯法官微笑着对桑妮说："哇哦！"她弯下身来摸摸桑妮的头，桑妮抓起斯特劳斯法官的手来轻轻地咬着。

"这表示她喜欢你。"奥薇特解释，"如果她不喜欢你，或当你要帮她洗澡的时候，她就会咬得很用力。"

"我懂了。"斯特劳斯法官说，"你们过得怎么样呢？有没有需要什么？"

孩子们看着彼此，想着他们需要的所有东西。例如，他们需要另一张床和给桑妮用的婴儿床，帮房间的窗户加上窗帘，还有取代纸箱的衣橱。不过他们最需要的，当然就是不要和欧拉夫伯爵有任何关系。他们最需要的就是和父母在一起，住在他们真正的家里。然而这是不可能的。奥薇特、克劳斯和桑妮想着这些问题，闷闷不乐地盯着地板看。最后，克劳斯说话了。

"我们可不可以借一本食谱？"他说，"欧拉夫伯爵要我们帮他的剧团团员准备今天晚上的晚餐，可是我们在屋子里怎么也找不到食谱。"

"我的天啊！"斯特劳斯法官说，"要求几个孩子替整个剧团做晚餐似乎太过分了。"

"欧拉夫伯爵给我们很多工作做。"奥薇特说。她的意思其实是："欧拉夫伯爵是个邪恶的家伙。"只不过她说得比较厚道。

"好吧，你们何不到我家来，"斯特劳斯法官说，"然后找一本你们喜欢的食谱？"

孩子们同意了。他们跟着斯特劳斯法官来到隔壁她那栋漂亮的房子。她带他们穿过一道充满花香的高雅走廊，来到一个很大的房间里。当他们看到房间里的东西时，简直高兴得快要昏倒了，尤其是克劳斯。

这个房间就像是一座图书馆。它是一间私人图书室，里面放了斯特劳斯法官的很多藏书。每面墙上都有一柜又一柜的书，从地板直达天花板，房间中央也有好几个书柜。唯一一个没有放书的角落，放了几把看起来很舒服的大椅子，

还有一张木桌子，上头挂了几盏灯，是绝佳的读书位子。虽然不像他们父母的图书室那么大，却依然很舒适。波特莱尔家的孩子简直兴奋得要发抖了。

"天啊！"奥薇特说，"这个图书室真是太棒了！"

"谢谢！"斯特劳斯法官说，"我收藏书已经有好多年了，而且我对自己的收藏感到十分骄傲。只要你们小心翻阅，我欢迎你们随时来看书。食谱在那边的书架上，我们要不要去看看啊？"

"好啊！"奥薇特说，"如果您不介意，我以后是不是可以来看您那些跟机械工程有关的书？我对发明东西很有兴趣。"

"我想找跟狼有关的书，"克劳斯说，"我最近对北美洲的野生动物很感兴趣。"

"书书！"桑妮大叫。她的意思是说："别忘了帮我拿有图画的书。"

斯特劳斯法官笑了。"年轻人对书有兴趣真是太好了。"她说，"不过我想，我们是不是要先去找找食谱呢？"

孩子们完全同意。大约花了半个小时，他们翻阅了几本斯特劳斯法官推荐的食谱。说真的，三个孤儿对于能够走出欧拉夫伯爵家，来到这个舒适的图书室，真感到十分兴奋，实在无法集中注意力在做菜这件事情上。不过最后，克劳斯还是找到了一道听起来挺可口，而且也很容易做的菜肴。

"你们听听看，"他说，"这里有一道意大利通心面。我们只要把大蒜、橄榄、腌续随子、鳀鱼、碎荷兰芹和番茄放在锅里面煎一煎，然后煮一些意大利面加在一起，就可以了。"

"听起来很容易。"奥薇特也同意了。波特莱尔家的孩子们互相看看。也许，有了仁慈的斯特劳斯法官和她的图书室，孩子们也可以为自己创造愉快的生活，就像为欧拉夫伯爵准备意大利通心面一样简单。

4. 他们在厨房里听着
欧拉夫伯爵和团员们的粗鲁笑声，
自己却因为太过悲伤而吃不下任何东西，
只能将盘子里的食物拨来拨去。

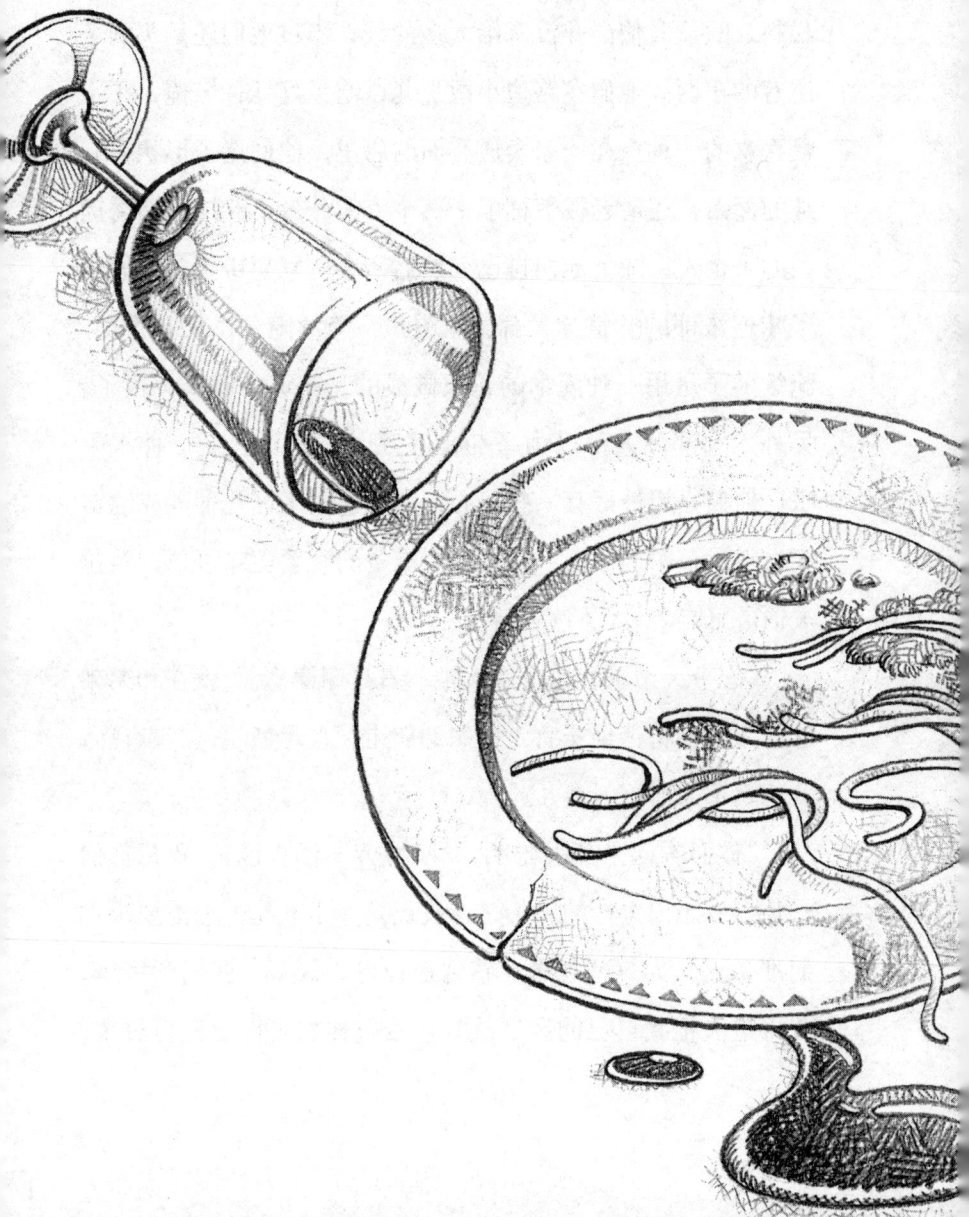

　　波特莱尔家的孤儿们把意大利通心面的做法抄在一张小纸片上，斯特劳斯法官还很好心地陪他们到市场去买需要的材料。欧拉夫伯爵并没有给太多的钱，不过他们还是买到了所有的东西。他们在路边小贩那儿试吃了好几种橄榄，买了最喜欢的一种。在一家卖通心面的店里，他们选了形状很有趣的面条，还请老板娘称了十三个人的分量：欧拉夫伯爵提到的十个人，加上他们自己。然后，在一家超市里，他们买了味道浓郁的一整球大蒜、咸鳀鱼、腌续随子，还有番茄。腌续随子是用一种灌木的花苞做成的，味道尝起来棒极了。另外，大部分人都以为番茄是蔬菜，但其实它是一种水果哦！他们心想最好有一些点心，所以也买了好几种现成的布丁材料。孩子们认为，如果他们准备的晚餐美味可口，欧拉夫伯爵可能会对他们好一点。

　　"您今天帮了我们一个大忙，真是谢谢您。"就在和弟弟妹妹跟着斯特劳斯法官走回家的路上，奥薇特说，"没有您，我们真不知道该怎么办。"

　　"你们看起来都很聪明，"斯特劳斯法官说，"我猜你们一定可以想出办法的。不过，我还是对于欧拉夫伯爵要求你们准备这么大一顿晚餐，感到很惊讶。好了，我们到家了。我得进去把我自己的杂货放好，希望你们可以很快再过来，

借你们想看的书。"

"明天？"克劳斯飞快地回答，"我们可不可以明天再过来？"

"当然好。"斯特劳斯法官笑着说。

"我们真的很感谢您。"奥薇特小心地说。经历了双亲的去世，以及欧拉夫伯爵这么恶劣的对待，三个孩子已经不太习惯大人对他们这么好，也不确定是不是要有所回报。"明天，在我们借用您的图书室之前，克劳斯和我很愿意帮您做一些家务。桑妮还小，但我们还是可以找点别的事，让她也能帮帮忙。"

斯特劳斯法官笑着看看这三个孩子，眼里却充满了哀伤。她伸出手来摸摸奥薇特的头发，奥薇特感到前所未有的安慰。"那倒不需要，"斯特劳斯法官说，"我永远都欢迎你们到我家来。"说完，她转身走进家里。望着她的身影好一会儿后，孩子们也走进他们自己的家。

一整个下午，他们都忙着按照食谱烹煮意大利通心面。奥薇特先把大蒜烤过，然后清洗并切碎鳀鱼。克劳斯负责撕掉番茄的皮，并去掉橄榄的核。桑妮则拿着木汤匙敲打锅缘，唱着她自己编的歌曲。三个孩子都感到自己不像刚到欧拉夫伯爵家时那么悲惨了。烹煮食物的味道让人安心，厨房中有个烹饪术语是"小火慢炖",他们正在"慢炖"的酱汁,使厨房充满了温暖舒适的感觉。三个孤儿聊着对父母亲的愉快回忆,以及斯特劳斯法官。他们都一致同意,斯特劳斯法官是最棒的邻居,他们还想在她的图书室里度过更多时光。他们一面谈着,一面把多种布丁材料混在一起,并品尝了一下。

就在他们要把布丁放进冰箱的时候,奥薇特、克劳斯和桑妮听到大门"砰"的一声被撞开。不用我说,你也知道是谁回来了。

"孤儿们?"欧拉夫伯爵用沙哑的声音叫道,"你们在哪里啊,孤儿们?"

"在厨房,欧拉夫伯爵,"克劳斯回答,"我们刚做好晚餐。"

"你们最好是做完了。"欧拉夫伯爵说着走进厨房,用他那闪闪发光的眼睛盯着这三个孩子,"我的团员就快到了,他们可都饿死了。烤牛肉在哪里?"

"我们没有做烤牛肉,"奥薇特说,"我们做了意大利面。"

"什么?"欧拉夫伯爵问,"没有烤牛肉?"

"你没有说要烤牛肉啊。"克劳斯说。

欧拉夫伯爵逼近孩子们，这使他看起来更加高大。他的眼睛也变得更亮，一边的眉毛因生气而高高扬起。"从我答应要收养你们的那一刻开始，"欧拉夫伯爵说，"我就是你们的父亲了。身为你们的父亲，没有任何人可以轻视我的存在。我命令你们替我和我的客人准备烤牛肉！"

"我们没有烤牛肉！"奥薇特几乎要哭出来了，"我们只做了意大利面。"

"不不不！"桑妮叫着。

欧拉夫伯爵往下看看突然叫出声音的桑妮，发出野兽般的吼声，用一只细瘦的手抓起桑妮，把她举到眼前。不用说，桑妮吓坏了，立刻就哭了起来。她吓得不敢去咬他的手。

"你这头野兽，马上把她放下来！"克劳斯叫道。他跳起来，想把桑妮从欧拉夫伯爵的魔爪中救下来。可是欧拉夫伯爵把桑妮举得太高了，克劳斯够不到。欧拉夫伯爵邪恶地对着克劳斯笑，龇牙咧嘴地把正在哀号的桑妮举得更高。就在他仿佛要把桑妮从高空丢向地面的时候，隔壁房里传来了一阵爆笑声。

"欧拉夫！你在哪里啊？"有人叫道。欧拉夫伯爵停住了动作。当他的剧团团员走进厨房的时候，他还高高地举着桑妮。很快，这些团员就将整个厨房挤满了。真是一群各式各样奇形怪状的人啊！有一个秃头的男人，鼻子很长，穿了一身黑长袍；还有两个女人，脸上涂了厚厚一层白粉，看起来像鬼一样；站在这两个女人后面的是一个手臂很瘦、很长的男人，手臂下装了两支钩子当作义肢；还有一个超级胖子，看起来不男不女的；在他后面，靠近门口的地方还有一个人，虽然孩子们看不清他的样子，不过肯定也是同样恐怖。

"你在这儿啊！欧拉夫。"其中一个白脸的女人说，"你在干吗呀？"

"我正在教训这些孤儿。"欧拉夫伯爵说，"我叫他们准备晚餐，结果他们只给我做了一堆恶心的酱汁。"

"你不能对小孩子太好，"钩子手男人说，"你要教导他们服从长者。"

秃头的高个子男人盯着三姐弟。"就是他们啊？"他问欧拉夫伯爵，"他们就是你说的那几个有钱的孩子？"

"没错。"欧拉夫伯爵说，"他们很讨厌，我简直碰都不想碰他们。"话一说完，他终于把还在哀鸣的桑妮放到地板上。奥薇特和克劳斯都松了一口气，还好他没把桑妮从那么高的空中丢下来。

"说得一点也没错。"门口的那个人说。

欧拉夫伯爵搓搓自己的手，仿佛刚刚抱的是什么恶心的

东西，而不是一个婴儿。"好了，够了。"他说，"虽然是做错了，不过，看来我们得吃他们做的东西了。各位，我们到餐厅去，我倒些酒来喝。等到这些捣蛋鬼送上晚餐的时候，说不定我们已经醉得不在乎是不是有烤牛肉了。"

"哟呼！"有几个人叫道。然后他们跟着欧拉夫伯爵到餐厅去了，没有人注意这几个孩子，除了那个秃头。他停住脚步，看着奥薇特。

"你长得不错嘛！"他举起粗糙的手托住她的脸蛋，"我要是你，绝对不敢惹欧拉夫伯爵，他可是会把你这张漂亮的小脸蛋给撕碎哟。"奥薇特浑身发抖。秃头男人尖声笑着离开了厨房。

波特莱尔家的孩子们独自留在厨房，他们沉重地喘着气，仿佛跑了百米似的。桑妮还在号啕大哭，克劳斯的眼里也充满了泪水。只有奥薇特没有哭泣，但是她也因为恐惧和厌恶而不停地发抖。他们又惊又怕，有好长一段时间都说不出话来。

"真是恐怖！太恐怖了！"最后，克劳斯开口了，"奥薇特，我们该怎么办？"

"我不知道。"她说，"我好怕。"

"我也是。"克劳斯说。

"怕怕！"桑妮说，她终于停止了哭泣。

"把晚餐送过来！"有人在餐厅大叫，然后整个剧团的团员开始一起用力敲打着桌子，又粗鲁又没有礼貌。

"我们最好赶快把意大利面送过去，"克劳斯说，"否则，谁知道欧拉夫伯爵会怎样对付我们。"

奥薇特想到秃头男人说的话——撕碎她的脸，赶紧点点头。他们两个看着锅里的酱汁，本来还很美味的样子，现在看起来却像一锅血。他们把桑妮留在厨房，克劳斯捧着一大碗形状可爱的面条，奥薇特端着那锅酱汁和一柄大勺子，两人往餐厅走去。这群人一杯接着一杯地喝酒，吵吵闹闹地讲话，还不停地咯咯笑着。两个孩子绕着餐桌为每个人服务的时候，所有人都无视他们的存在。奥薇特右手拿的大勺子太沉重了，本来想换左手拿，可是她是个右撇子，怕左手不灵活，会把酱汁洒出来，那肯定又会激怒欧拉夫伯爵了。她看着欧拉夫伯爵盘子里的食物，心里在想，之前为什么没有在他的酱汁里下毒。最后，他们终于把食物分配好了，两个人退回厨房。他们在厨房里听着欧拉夫伯爵和团员们的粗鲁笑声，自己却因为太过悲伤而吃不下任何东西，只能将盘子里的食物拨来拨去。不久，伯爵的朋友们又一起大声地敲击桌子，孩子们只好赶快出去收拾桌子，然后把布丁送过去。显

然，这群人因为喝了太多的酒，全趴在桌上昏昏欲睡，说的话也少了。最后，他们自己醒过来，一群人穿过厨房，看也不看孩子们一眼，鱼贯走出屋子。

欧拉夫伯爵看看一屋子的杯盘狼藉，对孩子们说："因为你们还没有清理好，所以今天晚上的表演你们有借口可以不参加。不过，打扫完之后，你们就必须直接上床去。"

克劳斯之前一直看着地板，试图隐藏他的沮丧。可是这时候，他不愿意再沉默了。"你是说那一张床！"克劳斯大叫着，"你只给我们一张床！"

正往外走的剧团团员纷纷停住脚步，眼睛盯着克劳斯和欧拉夫伯爵，等着看好戏。欧拉夫伯爵扬起他那一根眉毛，眼神变得更加闪亮，声音却很冷静。

"如果你们需要另一张床，"他说，"明天你们可以进城去买啊。"

"你很清楚我们并没有钱。"克劳斯说。

"你们当然有钱。"欧拉夫伯爵逐渐提高他的音量说，"你们是一大笔遗产的继承人啊。"

"可是钱在奥薇特成年之前是不能用的。"克劳斯记得波先生曾经说过的话。

欧拉夫伯爵的脸涨得通红，有好一会儿说不出话来。然后，他突然甩了克劳斯一耳光。克劳斯跌倒在地，脸颊离欧拉夫伯爵脚踝上的刺青只有几英寸的距离。他的眼镜从脸上飞出去，摔在角落。他的左脸颊，也就是欧拉夫伯爵动手的地方，像着火了一样。剧团的人都笑了，还有几个甚至鼓掌叫好，好像欧拉夫伯爵做了什么勇敢的事一样。

"我们走吧。"欧拉夫伯爵对他的伙伴们说，"我们自己的表演就快要迟到了。"

"欧拉夫，以我对你的了解，"钩子手男人说，"你一定会想出办法把他们的钱弄到手的。"

"到时候就知道了。"欧拉夫伯爵说。他的眼睛闪着光芒，好像已经有了主意似的。欧拉夫伯爵和他那群可怕的朋友走出去，并重重地甩上大门。孩子们又独自留在厨房了。奥薇特跪在克劳斯身边，抱着安慰他，桑妮则爬到角落去把眼镜捡回来。克劳斯这才开始哭泣，不是因为痛，而是为他们身处这种恐怖的境地而哭。奥薇特和桑妮也跟着一起哭。他们一边洗盘子，一边拭泪，甚至吹熄了餐厅的蜡烛，换了衣服上床睡觉时，他们还是不停地掉眼泪。月光从窗外投射进来，如果有人看得见波特莱尔三姐弟的房间，就会看见克劳斯躺在床上，奥薇特睡在地板上，桑妮缩在那团窗帘里，三个孩子整夜都在静静地哭泣。

5. 三个孩子走过了肉店区、花市和雕塑区，最后到达了银行区，
并在"凯旋金融喷泉"前停下来，
伸手去接了几口清凉的水来喝。

　　除非你非常、非常幸运，否则你一定经历过让你哭泣的事情。所以除非你非常、非常幸运，否则你一定知道，好好地哭一场总是可以让人好过一点，虽然情况可能一点也没有好转。波特莱尔家的孤儿所经历的正是这样，经过了一整夜的哭泣之后，他们第二天起床时，感觉到肩上的重担减轻了。三个孩子当然知道他们的处境还是一样可怕，但他们想，或许可以做点什么来改变现状。

　　今天早上，欧拉夫伯爵在纸条上面写着要他们到后院去劈柴。奥薇特和克劳斯一面用斧头把木头劈成一小块一小块，一面讨论着可能的行动计划，桑妮也咬着一小块木头在发呆。

　　"很显然，"克劳斯用手轻轻摸着欧拉夫伯爵在他脸上留下的伤痕，说，"我们不能再在这里待下去了。我宁愿到街上去碰碰运气，也不想继续住在这个可怕的地方。"

　　"可是谁知道在街上会碰到什么倒霉事？"奥薇特指出，"这里至少还有一片屋顶。"

　　"我真希望现在就能用爸妈留给我们的钱，而不用等到你长大，"克劳斯说，"这样我们就可以买一栋城堡，住在里面，门口有荷枪的警卫巡逻，以防欧拉夫伯爵和他的同伙接近。"

"我会有一间很大的发明工作室，"奥薇特渴望地说，她挥动斧头，把一块木头劈成两半，"里面有很多齿轮、滑轮和电线，以及一台精巧的电脑。"

"我会有一间大图书室，"克劳斯说，"就跟斯特劳斯法官的图书室一样舒适，但是要更大一点。"

"咬咬！"桑妮大叫，意思好像是："我要有很多东西可以咬咬！"

"不过这时候，"奥薇特说，"我们必须先想办法度过眼下的困境。"

"说不定斯特劳斯法官可以领养我们，"克劳斯说，"她说欢迎我们随时去她家。"

"可是她的意思是说，我们可以去拜访她，用她的图书室，"奥薇特说，"并不是说我们可以住在她家。"

"也许跟她说明我们的状况，她就会同意领养我们。"克劳斯满怀希望地说。然而当奥薇特看着他时，她看出克劳斯也知道这是没有希望的。领养是一项重大的决定，不可能冲动行事。我相信你偶尔也会希望自己是由别人抚养，而不是由现在的那两个人，不过你心里一定明白，这种机会非常渺茫。

"我想我们应该去找波先生，"奥薇特说，"他把我们送到这里的时候说过，如果有什么问题，可以去银行找他。"

"可是我们并不是真的有什么问题，"克劳斯说，"我们只是有一点怨言。"他想到那天在布莱尼海滩上，是波先生给他们带来了可怕的消息。虽然火灾的发生不是波先生的错，可是克劳斯不愿意去见波先生，因为害怕会听到更多的坏消息。

"我想不出还可以找谁，"奥薇特说，"波先生负责我们的事，而且我相信，如果他知道欧拉夫伯爵有多可怕，一定会马上把我们带走的。"

克劳斯想象着波先生开车来这里，然后接他们到别的地方，心里又燃起一丝希望。到哪里都比这里好。"好吧！"他说，"我们把这些木柴劈完就去银行。"

这个计划鼓舞了波特莱尔家的孩子，他们挥动斧头的速度出奇得快，没多久就劈好了木柴，准备出发到银行去。他们记得欧拉夫伯爵说他有市区地图，但是他们找遍了整栋房子，什么也没找到，因此他们判断，地图肯定在高塔里，但是他们不能上那里去。因此，在毫无方向的情况下，波特莱尔家的孩子决定直接到城里的银行区去，希望能找到波先生。

三个孩子走过了肉店区、花市和雕塑区，最后到达了银

行区，并在"凯旋金融喷泉"前停下来，伸手去接了几口清凉的水来喝。银行区有好几条大街，两旁都是高耸的大理石建筑，里面全是银行。他们一家一家询问是否有位波先生，先去"财务信托银行"，然后是"信用储蓄贷款银行"，接着再到"实用财政中心"。终于，实用财政中心的一名服务人员说，她知道波先生是在"莫特瑞财务管理中心"工作，公司就在街尾。这栋建筑物的外表方方正正，不是很显眼，但是三名孤儿一进到里面，就被大厅里喧闹、繁忙的人群给吓到了。最后，他们问一位穿着制服的警卫，是否可以帮忙找波先生，他就带着他们来到一间没有窗户，却有很多档案柜的大办公室里。

"哈啰。怎么啦？"波先生用迷惑的语气问。他正坐在一张桌子后面，桌子上放了一堆打好字的文件，看起来很重要但很无聊；还有一个小相框，里面正是波太太和那两个野男孩；三部电话围在相框周围，上面还有来电显示在亮着。"请进来。"

"谢谢！"克劳斯说，并走上前和波先生握手。孩子们分别坐在三张舒适的大椅子上。

波先生正要开口说话，但他先往白手帕上咳嗽了几下。"我今天很忙，"他终于说出话来，"所以没有太多时间陪你们聊。下次你们到附近来的时候，先打个电话给我，这样我才能挪出时间带你们去吃午餐。"

"那真是太好了。"奥薇特说，"很对不起，我们没有先通知您，不过因为是紧急状况，所以我们就自己找来了。"

"欧拉夫伯爵是个疯子，"克劳斯直截了当地说，"我们不能跟他住在一起。"

"他打克劳斯耳光，你看他的淤青。"奥薇特说。不过，就在她要继续说下去的时候，一部电话刺耳地响了。"对不起。"波先生说着接起电话。"我是波，"他对着话筒说，"什么？是的，是的，是，是，哦不，是的，谢谢！"他挂断电话，茫然地看着波特莱尔三姐弟，好像忘了他们在这儿似的。

"哦，抱歉，"波先生说，"我们刚刚说到哪里了？哦对！欧拉夫伯爵，很抱歉你们对他的第一印象不太好。"

"他只给我们一张床。"克劳斯说。

"他还叫我们做很多辛苦的杂事。"

"他喝很多酒。"

"抱歉！"波先生说，另一部电话响了。"我是波，"他说，"七，七，七，七，六点五，七。不客气。"他挂断电话，很快在纸上记下一些东西，然后抬起头看着他们。"对不起，"他

说，"你们说欧拉夫伯爵怎么样？叫你们做家务听起来不是太糟。"

"他还叫我们孤儿。"

"他有很多可怕的朋友。"

"他总是在跟我们要钱。"

"波波。"（这是桑妮发出的声音。）

波先生伸出手来制止，表示他听够了。"孩子们，孩子们，"他说，"你们必须花一点时间来适应这个新家，你们也不过才住了几天而已。"

"够长了，我们已经知道他是一个坏人。"克劳斯说。

波先生看着这三个孩子，叹了一口气。他的脸看起来很仁慈，可是仿佛不太相信他们说的话。"你们知道他正在'扮演双亲的角色'吗？"

奥薇特和桑妮看着克劳斯，他是三个孩子里面书读得最多，最有可能知道"扮演双亲的角色"是什么意思。"办家家酒吗？"他问。或许这只是一场家家酒，波先生不久就会带他们离开。

波先生摇摇头。"欧拉夫伯爵等于是你们合法的双亲了，"他说，"你们现在是在他的照顾之下，他可以用他认为适当的方式来抚养你们。我很遗憾你们的父母亲可能没有叫你们做过家务；或你们从来没有见过他们喝酒；或者你们更喜欢父母亲的朋友，胜过欧拉夫伯爵的朋友。但是这些你们都必须习惯，因为他正是在'扮演双亲的角色'。懂吗？"

"可是他打我弟弟！"奥薇特说，"您看他的脸！"

奥薇特说话的时候，波先生正好把手伸进口袋里去拿手帕，然后遮住嘴，一直、一直、一直咳嗽。他咳得很大声，奥薇特不确定他到底听到她说的话没有。

"不管他做了什么，"波先生一面说着，一面看着一张纸，并用笔圈起一个数字，"他只不过是在扮演双亲的角色，我也不能怎么样。我和银行会好好保管你们的钱，但是不方便干涉欧拉夫伯爵的教养方式。好了，我也不想催促你们离开，但是我还有很多事情要做。"

孩子们目瞪口呆地坐在椅子上。波先生抬起头来，清清他的喉咙。"催促，"他说，"意思就是——"

"意思就是您不能帮我们。"奥薇特帮他把话说完，她因为生气和失望而浑身发抖。此时另外一部电话又响了，她站起来走出去，后面跟着抱着桑妮的克劳斯。他们迈步走出银行，站在街头，不知该何去何从。

"现在该怎么办？"克劳斯悲伤地问。

奥薇特仰望天空，她真希望能发明一种东西，可以带他

们远离这个地方。"有点晚了，"她说，"我们最好先回去，明天再想想别的办法。说不定我们可以去找斯特劳斯法官。"

"你不是说她不会帮我们的忙?"克劳斯说。

"不是帮忙，"奥薇特说，"是书。"

当一个人还年轻的时候，就学会分辨"真实"和"比喻"的不同，将会有很大的帮助。如果一件事"真实"地发生了，那它就是真的发生了;而如果是"比喻"，那就只是感觉好像它发生了。举例来说，如果你"真实"地因为快乐而雀跃，就表示你是真的整个人像麻雀一样跳到空中;而如果你是用雀跃来"比喻"快乐，那就表示你快乐得好像要跳起来，但是并没有真的跳起来。

波特莱尔家的孩子们走回欧拉夫伯爵家附近，然后在斯特劳斯法官家前面停了下来。斯特劳斯法官请他们进到屋内，让他们从图书室里挑选自己喜欢看的书。奥薇特选了好几本机械发明方面的书，克劳斯选了一些关于野狼的书，桑妮则找到一本里面有许多牙齿图片的书。然后他们回到家，挤在一张床上，快乐而专心地阅读。从比喻的角度来说，他们从欧拉夫伯爵和悲惨的经历中逃脱出来了。但这不是真实的逃脱，因为他们还住在这栋房子里，而且还必须继续承受欧拉夫伯爵以他的方式"扮演双亲的角色"。然而，通过阅读自己喜欢的书，他们仿佛远离了困境，仿佛逃脱了。当然，以他们的情况来说，"仿佛"逃脱还不够，但是，经历了疲倦而无望的一整天之后，他们必须这样做。奥薇特、克劳斯和桑妮读着他们的书，心里希望这"仿佛"的逃脱，可以很快就变成"真实"的逃脱。

6. 如果你认识欧拉夫伯爵的话，
他突然替你送上早餐，
你难道不会害怕他在里面放了什么可怕
的东西，
比如毒药，或是碎玻璃？

第二天早晨，三个孩子睡眼惺忪地从卧室走进厨房，结果他们看到的不是欧拉夫伯爵留的纸条，而是欧拉夫伯爵本人。

"早安！孤儿们。"他说，"我已经帮你们准备好燕麦粥了。"

三个孩子在餐桌旁的椅子上坐下来，紧张兮兮地看着自己碗里的燕麦粥。如果你认识欧拉夫伯爵的话，他突然替你送上早餐，你难道不会害怕他在里面放了什么可怕的东西，比如毒药，或是碎玻璃？不过，奥薇特、克劳斯和桑妮却发现，他们的燕麦粥上面竟然洒了新鲜的覆盆子。波特莱尔家的孩子们很喜欢吃覆盆子，但自从父母亲去世之后，他们就再也没有吃过了。

"谢谢您。"克劳斯谨慎地说，然后捞起一颗覆盆子仔细地看着。说不定这些莓果都是有毒的，只不过被弄成很好吃的模样。欧拉夫伯爵见克劳斯这么疑神疑鬼，便笑着从桑妮的碗里拿起一颗莓果，看着三个小孩，把莓果丢进自己的嘴巴里吃掉。

"覆盆子不是很好吃吗？"他说，"我在你们这个年龄的时候，最喜欢吃这种莓果了。"

奥薇特试着想象欧拉夫伯爵还是小孩子的模样，却做不

到。闪动的眼神、瘦巴巴的双手、阴沉的笑容，这些好像都是大人才会有的特征。虽然奥薇特很怕他，但还是用右手拿起汤匙开始吃燕麦粥。欧拉夫伯爵已经吃了一些，所以应该没有毒，况且她实在太饿了。克劳斯也开始吃，桑妮也是，还吃得满脸都是燕麦和覆盆子。

"我昨天接到一通电话，"欧拉夫伯爵说，"是波先生打来的。他告诉我，你们去找过他。"

三个孩子交换了一下眼神。他们原本希望这次拜访会是个秘密，意思也就是说，只有波先生和他们自己知道，而不会透漏给欧拉夫伯爵。

"波先生告诉我，"欧拉夫伯爵说，"对于我亲切提供的生活，你们好像有些不太适应。听到他这么说，我感到很遗憾。"

孩子们看着欧拉夫伯爵。他的脸看起来很严肃，好像他听到这个消息真的很难过，但是他的眼神闪动而发亮，只有在一个人讲笑话时才会有这样的眼神。

"真的吗？"奥薇特说，"很抱歉，让波先生打扰到您了。"

"一点也不，"欧拉夫伯爵说，"既然我现在是你们的父亲，我要你们三个在这里都过得很自在。"

听到他这么说，三个孩子不禁微微颤抖，他们想起了自己的父亲，然后悲伤地盯着这个坐在桌子对面的差劲替身。

"最近，"欧拉夫伯爵说，"我对于剧团的演出一直很紧张，所以表现得可能有些孤僻。"

"孤僻"这个词很妙，但是对孩子们来说，并无法描述欧拉夫伯爵的行为。这个词的意思是"不愿和他人来往"，可用来描述，比如说在宴会上，有人站在角落里，不愿意和别人讲话。但它不是用来描述，某个人只提供一张床给三个人睡、强迫他们去做可怕的杂事，而且还赏他们耳光。有很多词可以用来形容那样的人，但绝不是"孤僻"。克劳斯知道"孤僻"的意思，听到欧拉夫用错这个词，差点笑了出来。但他的脸上还有淤血，所以并没有出声。

"因此，为了让你们在这里感觉更自在些，我想请你们参加我下一出戏的演出。如果你们参与了我所从事的工作，或许就不会跑去向波先生抱怨。"

"要怎样让我们参加？"奥薇特问。她想到了先前他们为欧拉夫伯爵做的所有杂事，实在没有心情再做更多工作了。

"这个嘛，"欧拉夫伯爵说，他的双眼闪闪发亮，"这出戏叫做《美妙的婚礼》，作者是伟大的剧作家艾尔·芬库特。我们只演出一场，就在这个星期五晚上。主角是一位非常勇敢而有智慧的人，由我饰演。在最后一幕，他将在一群喝彩

的人们面前，和心爱的姑娘结婚，那姑娘年轻又漂亮。你，克劳斯，还有你，桑妮，要扮演人群里喝彩的人。"

"但是我们比一般的成年人矮，"克劳斯说，"观众看到不会觉得很奇怪吗？"

"你们要扮演的是参加婚礼的两名侏儒。"欧拉夫很有耐心地解释道。

"那我要做什么？"奥薇特问，"我很会使用工具，或许我可以帮你搭布景。"

"搭布景？天啊，不用。"欧拉夫伯爵说，"像你这么漂亮的女孩子不应该在后台工作。"

"但是我喜欢呀。"奥薇特说。

欧拉夫伯爵的那一条眉毛稍微抬了一下，波特莱尔家的孤儿认得这是他生气的表现。不过他又将眉毛放了下来，看得出来他正在强迫自己保持冷静。"我为你在舞台上准备了一个很重要的角色，"他说，"你要扮演那位和我结婚的年轻女孩。"

奥薇特觉得刚刚吃下的燕麦粥和覆盆子在她的胃里开始翻搅，就好像她刚得了感冒一样。欧拉夫伯爵想要充当他们的父亲已经够糟了，这个人要成为她的丈夫感觉更可怕，即使只是演戏。

　　"这是非常重要的角色。"他继续说道，嘴巴向上扬成了一个没有任何说服力的笑容，"虽然你不会有任何台词，除了在斯特劳斯法官问你是否愿意嫁给我时，要说：'我愿意。'"

　　"斯特劳斯法官?"奥薇特说，"她和这件事有什么关系?"

　　"她已经答应在剧中扮演法官的角色。"欧拉夫伯爵说。他身后的厨房墙壁上画了好几只眼睛，其中一只正往下看着波特莱尔家的三个孩子。"我邀请斯特劳斯法官参加，因为我不只要当个好父亲，还想成为一名好邻居。"

　　"欧拉夫伯爵，"奥薇特开了口，又停住了。她想要说服欧拉夫伯爵不要让她扮演新娘，但是又不想惹他生气。"父亲，"她说，"我想我的演技可能不够好，没办法从事专业的表演。我不愿意坏了您和芬库特的好名声。而且接下来的几个星期，我会非常忙，我得想出我的发明——还有学习如何做出烤牛肉。"想起之前他对晚餐的反应，她很快又补充了一句。

　　欧拉夫伯爵伸出一只细长的手，摸摸奥薇特的下巴，然后深深地看进她的眼睛里。"你一定要参加这次的剧场表演。"他说，"如果你能自愿参加，我最高兴了。因为我相信波先

生已经跟你解释过了，我可以命令你参加，而你必须听话。"
欧拉夫用尖锐而肮脏的指甲轻轻划过奥薇特的下巴，让她打
了个冷战。当欧拉夫终于放手，站起身来，不发一语地离开
之后，整个房间变得非常非常安静。波特莱尔家的孩子听着
他沉重的步伐沿着楼梯一直爬到那个禁止他们进入的高塔。

"嗯，"克劳斯犹豫地说，"我认为参加这出戏应该不会
有事。这对他来说好像非常重要，而我们要继续让他表现出
好的一面。"

"可是他一定在计划什么事情。"奥薇特说。

"你该不会认为他在那些莓果里下毒吧？"克劳斯担心
地问。

"不会，"奥薇特说，"欧拉夫想要得到我们将来会继承
的财产，毒死我们对他没有任何好处。"

"可是让我们参加他那出愚蠢的戏，又对他有什么
好处？"

"我不知道。"奥薇特难过地承认。她站起来，开始洗那
些装过燕麦粥的碗。

"我希望我们能多知道一些继承法的事情。"克劳斯说，
"我敢打赌欧拉夫伯爵一定想出了什么办法拿到我们的钱，
但我就是不知道那是什么。"

"我想我们可以去问波先生。"奥薇特怀疑地说，这时克劳斯站在她旁边，正在擦干盘子，"他知道所有的拉丁法条。"

"但是波先生可能会再次打电话给欧拉夫伯爵，这样他就会知道我们在找他麻烦。"克劳斯指出，"或许我们应该跟斯特劳斯法官谈谈。她是法官，一定知道所有的法律。"

"但她也是欧拉夫的邻居，"奥薇特回答，"她可能会告诉他我们问过的事情。"

克劳斯摘下他的眼镜，当他用力思考时，总是会摘下眼镜："我们要怎样才能查清楚法律的事情，又不让欧拉夫知道？"

"书！"桑妮突然叫了出来。她的意思可能是"谁来擦擦我的脸"之类的，但奥薇特和克劳斯听了之后互相看向对方。书。他们两个人都想到了同一件事：斯特劳斯法官当然会有继承法的书。

"欧拉夫伯爵没有交代我们任何杂务，"奥薇特说，"所以我想我们应该可以去造访斯特劳斯法官和她的图书室。"

克劳斯笑了起来。"的确如此。"他说，"而且你知道吗？我今天不会选关于狼的书。"

"我也是，"奥薇特说，"今天不会再看机械工程的书了。

我想看看继承法。"

"好，那我们走吧。"克劳斯说，"既然斯特劳斯法官希望我们不久就能够过去，我们就不应该表现得太'孤僻'。"

一提到这个欧拉夫伯爵用得很荒谬的词，波特莱尔家的孤儿们都笑了，连桑妮也是，即使她并不认得很多字。他们飞快地将洗好的燕麦粥碗放进厨房的橱柜里，橱柜上面画的眼睛正在看着他们。然后三个小朋友就跑到隔壁去了。星期五就是表演的日子，没剩下几天了，三个孩子想要尽快搞清楚欧拉夫伯爵的计划。

7.

听这个可怕的人讲话，克劳斯感到全身发冷。他这辈子从来没有这么害怕过，手脚好像痉挛般不听指挥，不住颤抖。

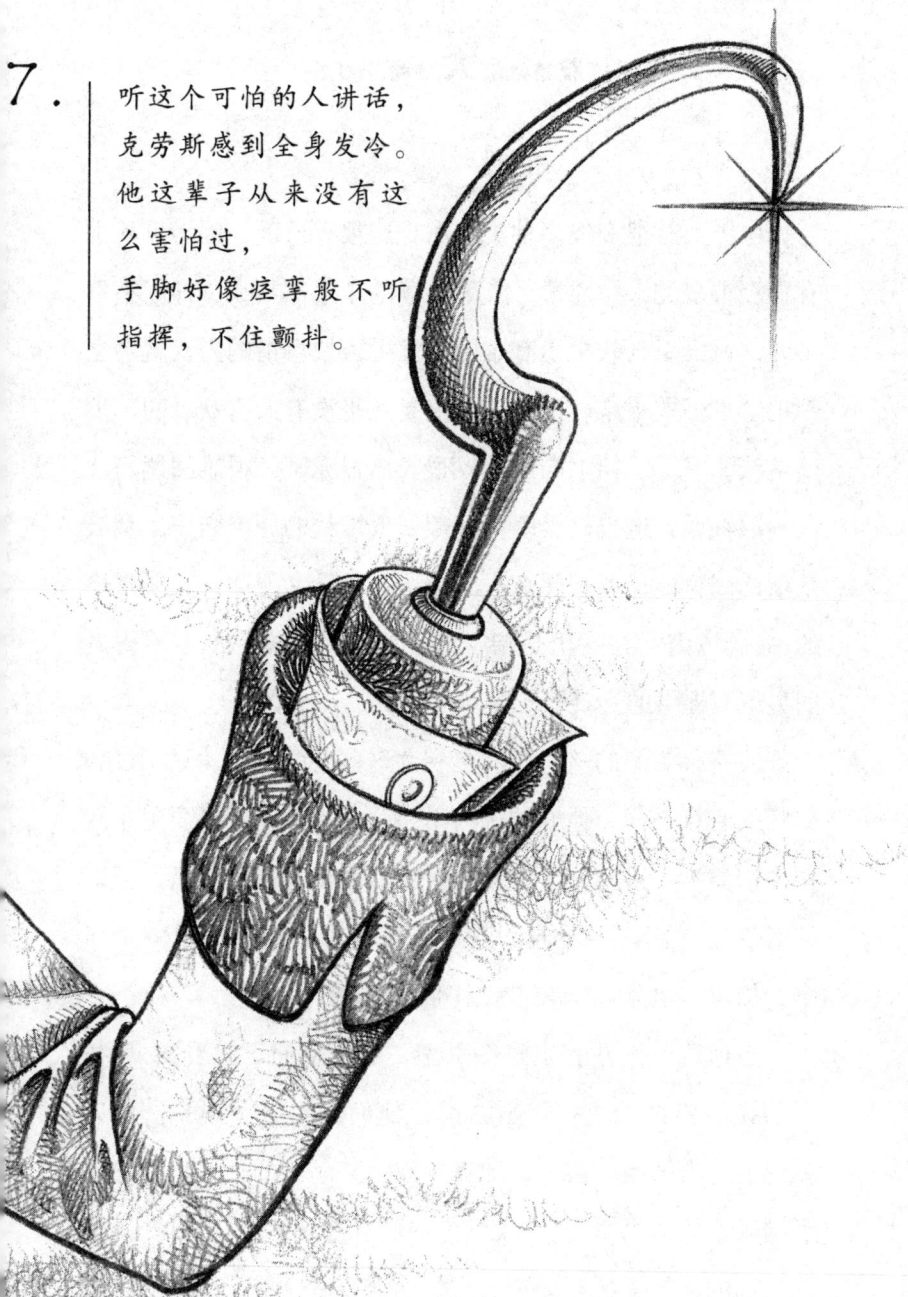

世界上有很多很多种类的书，这很有道理，因为世界上有很多很多的人，而每个人想要读的东西都不太一样。举例来说，讨厌看到故事里有小朋友发生可怕事情的人，就会立刻把这本书放下来。但有一类书是几乎没有人喜欢看的，那就是法律书。法律书向来就以很长、很无聊、很难阅读而让人不敢领教，这也是很多律师赚一大堆钱的原因之一。金钱是项诱因，能让律师愿意去念那些又长、又无聊、又很难懂的书。"诱因"在这里是指"为了说服你去做你原本不想做的事情而提供的奖赏"。

波特莱尔家的孩子当然也有读这些书的诱因，只不过和律师的有点不同。他们的诱因不是一大堆钱，而是要阻止欧拉夫伯爵为了得到一大堆钱而对他们做出恐怖的事情。但即使有这个诱因，要看遍斯特劳斯法官私人图书室里的法律书，仍是一项非常非常非常困难的任务。

当斯特劳斯法官走进图书室，看到他们正在看的书时，不禁说了声："天啊！"她之前让他们进到屋子里来，然后就到后院去做她的园艺，独自让波特莱尔家的孤儿们待在她那间豪华的图书室里。"我以为你们有兴趣的会是机械工程、北美洲的动物，还有牙齿。你们确定要看这些大部头的法律书吗？连我都不喜欢读它们了，而我还是法官呢。"

"是的，"奥薇特说了谎，"我觉得它们非常有趣，斯特劳斯法官。"

"我也是。"克劳斯说，"奥薇特和我正考虑将来从事法律工作，所以我们都觉得这些书很吸引人。"

"好吧，"斯特劳斯法官说，"桑妮不可能也会有兴趣吧。或许她愿意来帮我弄弄花园。"

"威比！"桑妮尖叫，意思是说："我宁愿去弄花弄草，也不愿意坐在这里看哥哥姐姐在这堆法律书里奋斗。"

"好啊，不过要注意不要让她吃到土。"克劳斯将桑妮交给法官时说。

"当然。"斯特劳斯法官说，"我们可不希望她因生病而错过了盛大的演出。"

奥薇特和克劳斯交换了一下眼神。"您对参演那出戏感到很兴奋吗？"奥薇特有点犹豫地问。

斯特劳斯法官的脸一下亮了起来。"是啊，"她说，"打从我还是小女孩起，就一直想要上台表演。现在欧拉夫伯爵给了我实现毕生梦想的机会。要参与剧团演出，你难道不会很兴奋吗？"

"我想会的。"奥薇特说。

"你当然会喽。"斯特劳斯法官说，她的双眼闪耀着光芒，手里抱着桑妮。她走出图书室后，克劳斯和奥薇特看看彼此，都叹了一口气。

"她那么想上台表演，"克劳斯说，"无论如何都不会相信欧拉夫伯爵有什么阴谋的。"

"不管怎样她都不会帮我们的。"奥薇特忧郁地指出，"她是法官，只会像波先生那样，说些'代理父母亲'之类没用的话。"

"这就是为什么我们必须找出合法的理由来阻止这场演出，"克劳斯坚定地说，"你在书里找到什么了吗？"

"没什么有帮助的，"奥薇特匆匆看了一眼她在上面做了笔记的小纸片，然后说，"五十年前，有个女人在死后留下很大一笔钱给她的宠物鼬鼠，却没有给她的三个儿子。这三个儿子想要证明他们的妈妈疯了，这样那些钱就可以归他们了。"

"结果呢？"克劳斯问。

"我想是那只鼬鼠死掉了，"奥薇特回答，"但我不是很确定。我得先查几个生字。"

"我想这个故事对我们应该没什么帮助。"克劳斯说。

"或许欧拉夫伯爵想要证明我们疯了，这样他就可以得到财产。"奥薇特说。

"可是为什么让我们参加《美妙的婚礼》可以证明我们疯了？"克劳斯问。

"我也不知道。"奥薇特承认，"我卡住了。你有什么发现吗？"

"大约在你那位鼬鼠女士的时代，"克劳斯一边说，一边快速翻阅他刚刚在读的大部头书，"一群演员演出莎士比亚的《麦克白》，他们每个人都没有穿衣服。"

奥薇特羞红了脸："你是说他们都光着身子，在舞台上。"

"只有一下下。"克劳斯笑着说，"后来警察来了，演出就中断了。我想这也没有什么帮助，只是看到了觉得很好玩而已。"

奥薇特叹了口气。"或许欧拉夫伯爵并没有在计划什么事情。"她说，"虽然我不想在他的戏里面演出，但是我们到头来可能都白忙一场。也许欧拉夫伯爵真的只是想欢迎我们来到这个家。"

"你怎么能这样说？"克劳斯哭了出来，"他打过我耳光啊。"

"可是光叫我们演戏也不可能拿到我们的财产啊。"奥薇特说，"克劳斯，看这些书我的眼睛都累了，却一点用也没有。我想出去，到花园里帮斯特劳斯法官干点活儿。"

克劳斯看着他的姐姐离开图书室，心中感到一阵绝望。演出的日子不剩几天了，他还没想出欧拉夫伯爵有什么阴谋，更别提要如何阻止他了。克劳斯一直相信，只要你读够多的书，就可以解决任何问题，但现在他不是那么确定了。

"嘿!"门口传来的声音打断了克劳斯的思绪，"欧拉夫伯爵派我来找你们。你们必须立刻回到房子里。"

克劳斯转身，看到欧拉夫伯爵剧团里的其中一人，就是用钩子当手的那位，正站在门口。他走向克劳斯坐的地方，用低沉沙哑的声音问他："你在这个发霉的旧房间里干什么?"他眯起他的小眼睛，读着其中一本书的书名。"《继承法及其含义》，"他严厉地问，"你为什么要看这本书?"

"你为什么认为我在看这本书?"克劳斯说。

"让我告诉你我的想法。"这个人将一只可怕的钩子放在克劳斯的肩膀上，"我认为你不应该再到这间图书室来，至少星期五之前都不行。我们不想看到一个小男孩突然开了窍。现在，你的姐姐和那个讨厌的婴儿在哪里?"

"在花园里。"克劳斯说着耸耸肩膀，好让钩子离开他的身体，"你为什么不出去找他们?"

男人将身体往前靠，他的脸距离克劳斯的脸只有几厘

米，五官都因为距离太近而变得模糊了。"给我注意听好了，小男孩。"他每说一个字就吐出恶臭的口气，"欧拉夫伯爵还没将你们扯成碎片的唯一理由，是因为他还没拿到你们的钱。他的计划还没成功，所以才让你们活着。但你自己想想，你这个小书虫，等他拿到你们的钱以后，还有什么理由让你们活着？你认为到时候会发生什么事呢？"

听这个可怕的人讲话，克劳斯感到全身发冷。他这辈子从来没有这么害怕过，手脚好像痉挛般不听指挥，不住颤抖。当他试着要说些什么的时候，发现自己像桑妮一样，嘴巴里发出奇怪的声音。"啊——"克劳斯听着自己说不出话来，"啊——"

"到时候，"钩子手男人不理会克劳斯发出的噪音，心平气和地说，"我相信欧拉夫伯爵会把你交给我。所以如果我是你，就会表现得乖一点。"男人再次站起来，将他的两只钩子放到克劳斯的面前，让台灯的光反射在这两只看起来很邪恶的东西上面，"现在，请容我告辞，我得去带回你那两位可怜的孤儿姐妹。"

当钩子手男人离开房间时，克劳斯觉得自己的身体就快要垮掉了，他真想坐下来一会儿，恢复正常呼吸，但是他的理智不允许他这么做。这是他待在这间图书室的最后几分钟，或许也是阻止欧拉夫伯爵计划的最后机会。可是要怎么做呢？克劳斯一边听着钩子手男人在花园里和斯特劳斯法官讲话的含糊声音，一边惊恐地在图书室里找寻可能有帮助的东西。

就在克劳斯听到男人的脚步声离他这边越来越近时，他发现了一本书，忙伸手把它抓过来。他拉开自己的衬衫，把那本书放进去，又匆忙把衣服塞好。就在这时，钩子手男人又回到图书室，他身旁站着奥薇特，手里抱着桑妮，桑妮正白费力气地咬着那个男人的钩子。

"我可以走了。"克劳斯很快地说，然后在那人能好好看看他之前，就走出门口。他快步走在姐妹前面，希望没有人注意到他衬衫底下鼓起一块像书一样的东西。或许，只是或许，克劳斯偷偷带走的这本书可以拯救他们的性命。

8. 这本书很厚，也很难读。

夜愈来愈深了，克劳斯愈来愈累，眼皮也愈来愈重。

　　克劳斯整晚熬夜看书，他老是喜欢这样子。先前父母亲还活着的时候，克劳斯总是带着手电筒上床，然后躲在被单下看书，一直看到眼睛都睁不开了才睡着。有些早晨，父亲到克劳斯的房间叫他起床时，发现他在睡梦中，一只手抓着手电筒，另一只手则拿着书。但是在今天晚上，情况当然是大不相同。

　　克劳斯站在窗边，就着溜进室内的月光，眯着眼睛看他偷带出来的书。他偶尔看一眼他的姐妹。奥薇特在凹凸不平的床上辗转反侧，意思是说"翻来覆去睡不好"，而桑妮则钻进窗帘堆里，看起来就像是一小团衣服。克劳斯没有告诉他的姐妹这本书的事情，因为他不想让她们有错误的期待。他不确定这本书能不能帮助他们走出困境。

　　这本书很厚，也很难读。夜愈来愈深了，克劳斯愈来愈累，眼皮也愈来愈重。他发现自己一直在看同一个句子。他发现自己一直在看同一个句子。他发现自己一直在看同一个句子。然后他想到欧拉夫伯爵那位手下的钩子在图书室里闪闪发亮的样子，接着想象那两只钩子将他的肉撕成碎片，这时他会马上惊醒，继续看下去。他找到一小张纸，将它撕成小长条，用来标示书中重要的地方。

　　等到外面的天空渐渐露出鱼肚白时，克劳斯已经找到所

有他想要知道的事情。他的希望随着太阳慢慢上升。最后，
当几只小鸟开始唱歌时，克劳斯蹑手蹑脚地走到卧室门口，
悄悄地、慢慢地推开房门，留意不要吵醒睡不好的奥薇特和
桑妮；桑妮这时还躲在窗帘堆底下。他来到厨房，坐下来等
欧拉夫伯爵。

　　没多久，他就听到欧拉夫踏着沉重的步伐，从高塔楼梯走
下来。欧拉夫伯爵走进厨房，看见克劳斯坐在桌边嘻嘻装笑，
意思是说"笑得有点不怀好意，有点假"。

　　"嗨，孤儿，"他说，"你起得真早啊。"

　　克劳斯的心脏跳得飞快，但他的外表格外平静，好像穿
了一层看不见的盔甲一样。"我整晚都没睡，"他说，"在看
这本书。"他把书拿出来放在桌子上，好让欧拉夫看见。"书
名叫做《婚姻法》，"克劳斯说，"我看完之后学到了好多有
趣的事情。"

　　这时欧拉夫伯爵已经拿出一瓶酒，准备帮自己倒一杯当
作早餐，但是当他看到这本书时，他停住了，坐了下来。

　　"婚姻是指'和婚礼有关的事情'。"克劳斯说。

　　"我知道那两个字是什么意思。"欧拉夫伯爵咆哮着说，
"你从哪里拿到这本书的？"

　　"从斯特劳斯法官的图书室。"克劳斯说，"不过这不重

要。重要的是，我已经知道你的阴谋了。"

"是吗?"欧拉夫伯爵说，那一条眉毛抬了起来，"我的阴谋是什么，小驴子?"

克劳斯不理会他的侮辱，打开书之后翻到有小纸条做记号的地方。"此地的婚姻法律非常简单，"克劳斯大声念出来，"合法婚姻的必要条件如下：有法官在场，新娘和新郎说出'我愿意'，以及新娘亲手在文件上签名。"克劳斯把书放下来，用手指着欧拉夫伯爵，"如果我姐姐说'我愿意'，并且在文件上签名，而斯特劳斯法官也在房间里，那么她在法律上就算是正式结婚了。你要演的这出戏不应该叫做《美妙的婚礼》，而应该叫做《恶毒的婚礼》。你不是假装要娶她，而是真的要娶她。这出戏不是假的，它是真正的法律约束。"

欧拉夫伯爵爆出刺耳沙哑的笑声。他说："你姐姐还不到结婚的年龄。"

"如果她得到法定监护人，也就是代理父母的允许，就可以结婚。"克劳斯说，"这我也读到了，你骗不了我。"

"我为什么要真的娶你姐姐，"欧拉夫伯爵问，"她确实是很漂亮，但像我这样的男人可以找到一大票漂亮的女人。"

克劳斯翻到《婚姻法》的另一段。"合法的丈夫，"他大声地念，"有权控制他合法妻子所拥有的任何财产。"克劳斯

洋洋得意地盯着欧拉夫伯爵，"你娶我姐姐是为了控制波特莱尔家的财产，或者至少这是你打的如意算盘。但如果我把这些拿给波先生看，这出戏就不会上演，而你会被关进监牢里。"

欧拉夫伯爵的眼睛变得很亮，但他还是对着克劳斯假假地笑着。这有点出乎克劳斯的意料，他原本认为，一旦他说出自己发现的事情，这个可怕的人就会变得非常生气，甚至对他暴力相向。毕竟，他曾因为要烤牛肉却只得到意大利面而勃然大怒，如今阴谋被揭穿应该会更生气才对。但是欧拉夫伯爵只是平静地坐着，好像他们正在讨论的是天气一样。

"我猜你已经发现了我的计划。"欧拉夫淡淡地说，"我想你是对的：我会进监狱，而你们会得到自由。现在，你何不上楼进房间去叫醒你的姐妹？我相信他们一定想知道你拆穿我邪恶计划的伟大胜利。"

克劳斯怔怔地看着欧拉夫伯爵。欧拉夫伯爵这时还在微笑，好像自己刚刚讲了一个很棒的笑话一样。为什么他没有因为生气而威胁克劳斯？没有沮丧地拉扯自己的头发？或是匆忙收拾行李然后逃跑？现在的情况是克劳斯之前从没想到过的。

"好吧，我会上楼去告诉我的姐妹。"说完，他转身回到卧室。奥薇特仍在床上打盹，桑妮也还藏在窗帘底下。克劳斯先叫醒奥薇特。

"我整晚熬夜看书，"当姐姐睁开眼睛时，克劳斯喘着气说，"我知道欧拉夫伯爵在打什么主意了。你、斯特劳斯法官和其他人都认为那只是一出戏，但是他打算真的娶你，因为一旦他成为你的丈夫之后，就能控制我们父母的钱，然后把我们处理掉。"

"他要怎样真的娶我？"奥薇特问，"那只是一场戏。"

"此地婚姻合法的必要条件，"克劳斯拿起那本他从中获得关键信息的《婚姻法》给姐姐看，一边解释说，"是你说'我愿意'并亲手在文件上签名，以及一名法官在场，比如说斯特劳斯法官！"

"但是我还不到结婚的年龄啊，"奥薇特说，"我才十四岁。"

"十八岁以下的女孩子，"克劳斯把书翻到另一段，说，"得到法定监护人的允许就可以结婚。欧拉夫伯爵就是我们的法定监护人。"

"哦，天啊，"奥薇特哭了出来，"我们该怎么办？"

"我们可以把这个拿给波先生看，"克劳斯指着书说，"他一定会相信我们，欧拉夫伯爵没打什么好主意。快，我

叫醒桑妮时，你先穿衣服。我们可以在银行开门前赶到那里。"

奥薇特点点头，平常早上动作都很慢的她，这时赶紧下床，走到纸箱子那里找合适的衣服穿。克劳斯则朝着那堆窗帘走过去，想要叫醒他的妹妹。

"桑妮，"克劳斯把手放在他认为是他妹妹的头所在的地方，亲切地喊着，"桑妮。"

没有回应。克劳斯又叫了一次"桑妮"，并把最上面的一层窗帘拉开，好叫醒波特莱尔家最小的孩子。"桑妮。"他刚说出口，就突然停住了，因为窗帘底下除了另一个窗帘之外，就没有其他东西了。他掀开所有的窗帘，但就是找不到他的妹妹。"桑妮！"他一边大叫，一边在房间内寻找。奥薇特丢下手里拿的衣服，也跟着他一起找。他们找遍了房间的每个角落，床底下，甚至纸箱里，但就是不见桑妮的踪影。

"她会在哪里呢？"奥薇特担心地问，"她不像是会逃跑啊。"

"她究竟在哪里呢？"两个孩子的身后传来一个声音，他们赶紧转身。欧拉夫伯爵正站在门口，看着奥薇特和克劳斯找遍房间的每个角落。他的眼睛比以前更亮了，脸上仍挂着微笑，好像刚刚讲了个笑话一样。

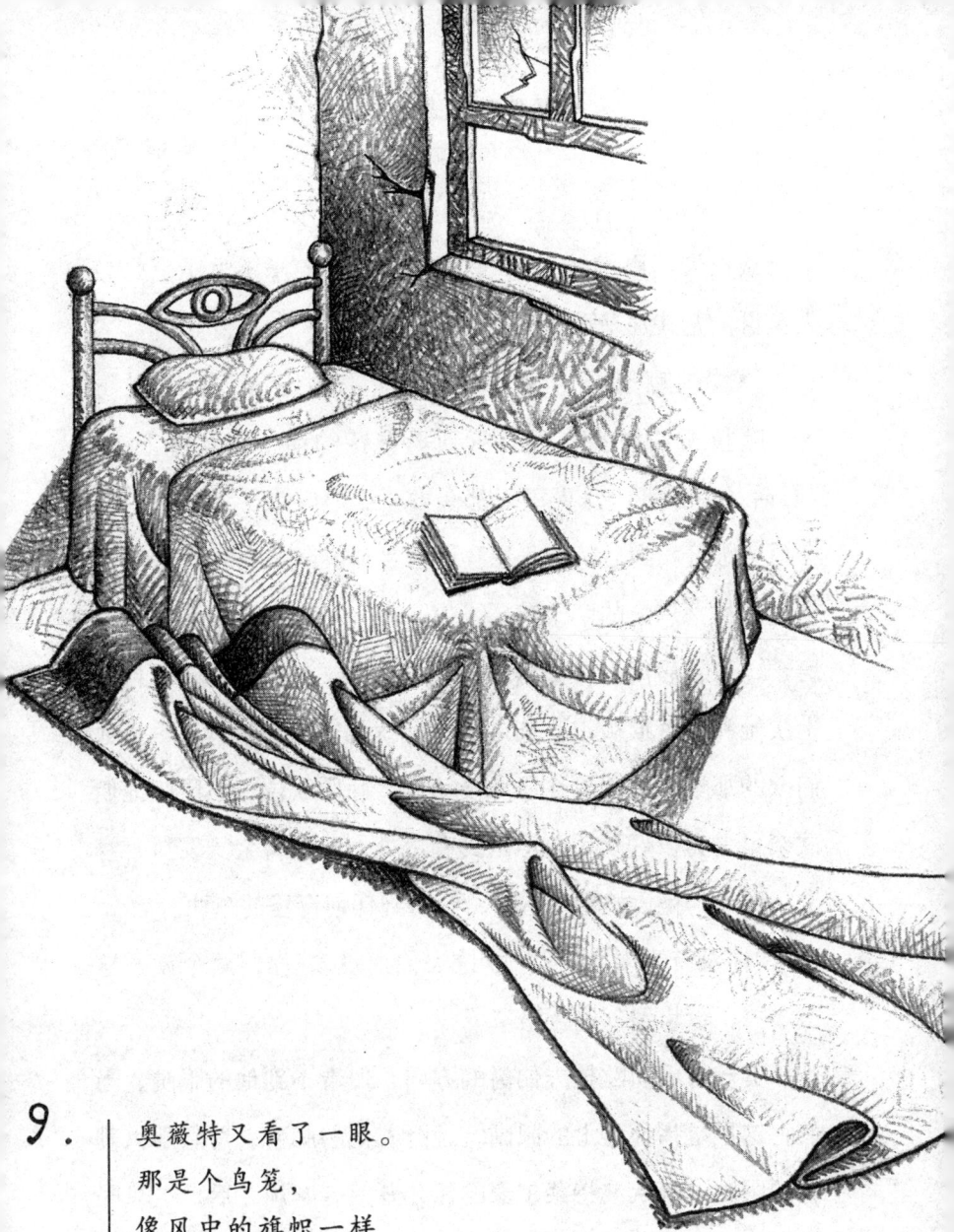

9. 奥薇特又看了一眼。
那是个鸟笼，
像风中的旗帜一样
在尖塔的窗户边摆荡着，鸟笼里正是吓
坏了的小桑妮。

　　欧拉夫伯爵继续说："是啊，发现小孩子不见了真是教人惊讶，尤其她是那么小，又那么无助。"

　　"桑妮在哪里？"奥薇特哭着说，"你对她做了什么事？"

　　欧拉夫伯爵装作没有听到奥薇特的话，继续讲下去："但话又说回来，怪事每天都会发生。事实上，如果你们两个孤儿跟着我到后院，我想我们会看到很奇怪的事情。"

　　波特莱尔家的两个孩子不发一语，跟着欧拉夫伯爵穿过房子，来到后门。奥薇特环视整个狭小、凌乱的后院，自从上次她和克劳斯被迫砍柴之后，她就再也没有来过这里。他们砍的那堆木柴仍放在原地没动过，好像欧拉夫伯爵叫他们砍柴只是为了好玩，而不是真有用处。奥薇特全身发抖，身上仍穿着睡袍，她看来看去，没看到任何奇怪的东西。

　　"你没有看对地方，"欧拉夫伯爵说，"你们两个读了这么多书，没想到却这么愚笨。"

　　奥薇特看向欧拉夫伯爵的方向，但看不到他的眼睛。当然，这里是指他脸上的眼睛。她盯着他的脚看，看到那只刺青的眼睛。打从波特莱尔家的孤儿开始有麻烦之后，这只眼睛就一直监视着他们。然后，她的眼睛沿着欧拉夫伯爵穿着邋遢衣服的干瘦身体往上移，看见他正用骨瘦如柴的手向上指。她朝着手指的方向看，映入眼帘的是他们不被允许上去

的高塔。高塔是用肮脏的石头盖成的，只有一个窗户，在窗户里隐约可以看见一个像是鸟笼的东西。

"天啊。"克劳斯用微弱、惊恐的声音说。奥薇特又看了一眼。那是个鸟笼，像风中的旗帜一样在尖塔的窗户边摆荡着，鸟笼里正是吓坏了的小桑妮。当奥薇特看得更仔细时，她看见妹妹的嘴巴上贴着一大块胶带，身上绑着绳索。小桑妮完全不得动弹。

"放开她，"奥薇特对欧拉夫伯爵说，"她又没对你做什么！她只是个婴儿！"

"听好了，"欧拉夫伯爵坐在一个树桩上说，"如果你们真想要我放开她，没问题。但即使是像你这样的小笨蛋也应该明白，如果我放开她，或者更准确地说，如果我叫我的手下放开她，从那么高的地方掉下来，可怜的小桑妮应该也活不了。塔足足有十三层楼高，即使是在鸟笼里，像她这么小的人要从那么高的地方掉下来也要好一会儿。如果你坚持的话……"

"不要！"克劳斯叫了出来，"千万不要！"

奥薇特看着欧拉夫伯爵的眼睛，然后转向被绑成一小团、正吊在塔顶上在微风中飘荡的妹妹。她想象桑妮从塔顶掉落到地上的画面，想到妹妹此刻心中必定充满恐慌。

"拜托你，"她对欧拉夫说，眼泪就要夺眶而出，"她只是个婴儿。我们愿意做任何事，无论什么事都愿意，请不要伤害她。"

"任何事？"欧拉夫伯爵抬起眉毛问。他弯下身子，看着奥薇特的眼睛，"任何事？那你愿不愿意，比如说，在明天晚上的演出里嫁给我？"

奥薇特瞪着他。她感觉到肚子里很不舒服，好像她才是那个从高处被丢下来的人。她终于了解到，欧拉夫真正可怕的地方在于，他毕竟是个非常狡猾的人。他不只是一个气味难闻、时常喝醉的畜生，而且是一个气味难闻、时常喝醉、非常狡猾的畜生。

"当你们忙着看书想罪名时，"欧拉夫伯爵说，"我已经派出我最鬼鬼祟祟、偷偷摸摸的手下潜入你们的卧房，把小桑妮偷走了。她很安全，至少目前如此，但我觉得她现在就像是倔强骡子背后的那根棍子。"

"我们的妹妹不是根棍子。"克劳斯说。

"倔强的骡子，"欧拉夫伯爵解释说，"不按照主人吩咐的方向走。从这种情况来看，你们这些孩子就像是倔强的骡子，硬是要扰乱我的计划。任何饲主都会告诉你，要让倔强的骡子走路时乖乖听话，就得在它面前摆根胡萝卜，用棍子

在后面伺候。因为它想要得到食物，所以会跟着胡萝卜走，而为了避免痛苦的惩罚，它会走在棍子前面。同样，为了避免失去妹妹的惩罚，并熬过这次痛苦的经历，你们会乖乖照我的话做。现在，奥薇特，我再问你一遍：你会嫁给我吗？"

奥薇特吞咽了一口唾液，低头看着欧拉夫伯爵脚上的刺青。她没有办法回答。

"来，"欧拉夫伯爵佯装（就是"假装"的意思）和蔼地说，他伸出手抚摸奥薇特的头发，"当我的新娘，在我家度过下半辈子，真的有这么可怕吗？你是这么可爱的女孩，婚后我不会像对你弟弟、妹妹那样，置你于不顾的。"

奥薇特想象自己睡在欧拉夫伯爵身边，每天早上醒来就看到这个可怕的人。她想象自己为了避开他，整天在屋里游荡，晚上则要煮饭给他可怕的朋友吃，也许下半辈子每天晚上都得如此。但接着，她看向无助的妹妹，她知道自己的答案会是什么。"如果你放开桑妮，"她最后说，"我就嫁给你。"

"我会放开她，"欧拉夫伯爵回答，"在明天晚上的表演之后。在这期间，为了安全起见，她必须待在塔上。还有，先警告你们，我已叫手下在高塔的楼梯口站岗，以防你们轻举妄动。"

　　“你真是个可怕的人。”克劳斯脱口而出，但欧拉夫伯爵只是报以微笑。

　　“我或许是个可怕的人，”欧拉夫伯爵说，“不过为了拿到你们的财产，我能够想出万无一失的办法，这点可是比你们都强。”他开始大步走回房子，“记住一点，孤儿们，”他说，“你们或许比我读过更多书，但是在这种情况下，那一点并没有办法帮助你们取得上风。现在，把那本给你们那么多馊主意的书拿给我，然后去做我指派给你们的杂事。”

　　克劳斯叹了一口气，打了退堂鼓，也就是说，他虽然不愿意，但还是不得不把婚姻法的书交给欧拉夫伯爵。他跟着欧拉夫伯爵往屋子里走去，奥薇特却像雕像一样动也不动地站在原地。她并没有听欧拉夫伯爵最后讲些什么，因为她知道内容一定是些自我恭维的废话以及卑劣的侮辱。她盯着高塔看，不是吊着她妹妹的塔顶，而是整座塔。这时克劳斯回头看她，看到了好长一段时间没见过的景象。对那些不常待在奥薇特身边的人来说，她看起来并没有什么特别之处，但那些了解她的人都知道，当她用丝带把头发绑起来，好让它不会遮到眼睛时，就代表在她那发明家的脑袋里，齿轮和杠杆正在高速运转着。

10. 奥薇特拥有很多有用的技能，
其中一项就是知道很多不同的结。
她现在打的这个结叫做
"魔鬼的舌头"。

　　当天晚上，波特莱尔家的孤儿克劳斯，躺在床上辗转反侧，而奥薇特——波特莱尔家的另一个孤儿，则是整晚没睡，在月光下想事情。隔天一整天，姐弟二人就在屋子里走动，做着指定的杂事，彼此很少交谈。克劳斯太累、太沮丧了，所以不想讲话，奥薇特却是脑子里装满想法，太忙于思考而无法讲话。

　　夜幕降临时，奥薇特把桑妮以前拿来当床的窗帘收集起来，带到高塔的楼梯口前。欧拉夫伯爵某个身形巨大的手下正在那里站岗，就是看起来不男不女的那位。奥薇特问是不是可以把毯子拿给妹妹，好让她在晚上可以舒服些，可大块头只用空洞的白眼珠看着她，摇摇头，然后一言不发地用手势叫她走开。

　　当然，奥薇特知道桑妮一定吓坏了，光靠一些布并不能安抚她，但是她希望自己能上去个几分钟，握着她的手告诉她，事情很快就会过去。同时，她想要去"勘查地形"。所谓的"勘查地形"常见于犯罪行为，意思是指为了实行某项计划，而去观察某个地方。举例来说，如果你是一名银行劫匪（当然，我并不希望你是），你可能会在计划抢劫的前几天来到银行。你或许会做些伪装，在银行里四处看看，观察警卫、监视器和其他障碍，好计划如何在抢劫行动中不会被

捕或是丧命。

当然，奥薇特是个守法的公民，并不打算去抢银行。她是在计划如何解救桑妮，因此希望能看一眼关着妹妹的高塔房间，这样她制订计划时会更容易。然而，看起来此刻她并没有办法勘查地形。当奥薇特坐在窗边的地板上，尽可能安静地动着脑筋时，这点让她大为紧张。

奥薇特手边只有几样东西可以利用，不过她并不想在房子里四处寻找，以免惹得欧拉夫伯爵和他的同党起疑心。还好她手边这些东西已经足够让她制作解救设备。窗户上面有用来挂窗帘的坚固的金属杆，奥薇特把它拿下来。她利用欧拉夫伯爵放在角落里的其中一块石头，将窗帘杆弄成两段，再把每段弯成好几个锐利的角，弯的时候还不小心在手上割了几道。然后，奥薇特把眼睛的油画拿下来。在油画的背后，就像很多油画一样，有一小段用来挂画的铁丝。她取下铁丝，把两段金属杆绑在一起。现在，奥薇特做了一个像是大型金属蜘蛛的东西。

然后，她走到纸箱前面，拿出几件最丑的衣服。这些衣服是波太太买的，不管波特莱尔家的孤儿们再怎么绝望也不会穿。她迅速而安静地将这些衣服撕成细长的布条，再把这些布条绑在一起。奥薇特拥有很多有用的技能,其中一项就是知道很多不同的结。她现在打的这个结叫做"魔鬼的舌头"。十五世纪时,一群芬兰的女海盗发明了这种结,因其缠绕方式既复杂又怪异,所以得名。"魔鬼的舌头"是非常有用的结,当奥薇特把这些布条头尾相连绑在一起时,它就变成了一条长长的绳索。当她忙着打结时,想起了父母在克劳斯出生时曾对她说过的话,后来父母把桑妮从医院带回家时,又对她说了一遍。"你现在是波特莱尔家最大的孩子了,"他们既和蔼又坚定地说,"身为长女,照顾年龄较小的弟弟妹妹是你永远的责任。答应我们,你会永远看着他们,不让他们碰上任何麻烦。"奥薇特想起了她的诺言,然后想到克劳斯脸上的淤青看起来仍然很痛,桑妮也还在塔顶上像旗帜一样飘荡着,于是她不知不觉加快了动作。当然,这些不幸都是因为欧拉夫伯爵,但奥薇特还是觉得自己没有信守对父母的承诺,她发誓要补救这一切。

终于,使用了足够多的丑衣服之后,奥薇特做出了一条长度大约十米的绳索。她将绳索的一端绑在铁蜘蛛上,又看看自己的杰作。她做出来的东西叫做爪钩,可以用来攀爬建筑物的外墙,不过一般是为了邪恶的目的。奥薇特希望能利用金属那端钩住塔顶的什么东西,然后靠着绳索爬上去,将

桑妮的笼子放下来，最后自己再爬下来。当然，这是一个非常冒险的计划，因为它很危险，而且爪钩是她自己做的，不是从店里买来的。不过，由于没有适当的发明实验室，时间又不多，奥薇特所能想到的就只有爪钩。她不想让克劳斯有错误的期待，所以并没有把自己的计划告诉他。她也没有叫醒他，自己将爪钩收起来，蹑手蹑脚地走出房间。

一走到户外，奥薇特就发现她的计划比想象中还要困难。晚上很安静，也就是说，她根本不能发出任何声音。微风徐徐吹来，当她想象着自己吊在由丑衣服做成的绳索上随风摆动时，几乎想要放弃。而且晚上很暗，什么都看不到，她不知道要将爪钩往哪里丢，才能让金属爪钩钩住东西。但是，穿着睡袍站在那里发抖的奥薇特知道，她必须试试。于是她用右手，尽量用力将爪钩往上丢，等着看它能否抓住东西。

哐啷！铁钩击中高塔，发出巨大的响声，但没有钩住任何东西，又掉回到地上。奥薇特的心脏怦怦跳着。她直挺挺地站着，担心欧拉夫伯爵或他的同党会跑过来查看。所幸等了几分钟，并没有人来，所以奥薇特又拿起爪钩，像套索一样在头上甩动，再试一次。

哐啷！哐啷！爪钩在弹回地上时撞了高塔两次。奥薇特再次等待，听听是否有脚步声，结果只听到自己惊惧的心跳。于是她决定再试一次。

哐啷！爪钩击中高塔，又掉了下来，重重地敲在奥薇特的肩膀上。其中一只钩子撕裂了她的睡袍，割伤了她的皮肤。为了不让自己因为疼痛而哭喊出来，她一口咬住自己的手臂。奥薇特清楚地感觉到，爪钩敲到的地方流出了鲜血。她的手臂因为剧痛而抽动着。

在这个时候，如果我是奥薇特，恐怕早就放弃了，可当她正要转身回屋内时，想到塔上的桑妮会有多害怕，便顾不得肩上的疼痛，再次用右手丢出爪钩。

哐——之前听到的"哐啷"声这次到一半就停止了，奥薇特在昏暗的月光下并没有看到钩子掉下来。她紧张地猛拉一下绳索，没拉动。爪钩终于发挥作用了。

她用脚抵住高塔的石墙，手拉住绳索，开始闭着眼睛往上爬。她不敢往下看，只是一路往上爬，心中所想的是她对父母的承诺，以及一旦欧拉夫伯爵的邪恶计划得逞会有多可怕。她爬得愈高，晚风便吹得愈强，好几次她必须停下来，因为绳索在风中实在摇晃得太厉害。奥薇特知道衣服做的绳索随时可能会断裂，爪钩会滑落，那么她就会活活摔死。幸好她的发明技巧"熟练"，也就是说"技术很好"，所以事情

都按照原定计划发展。突然间，奥薇特发现自己摸到的不是绳索，而是金属。她睁开眼睛，看到了她的妹妹桑妮，而桑妮正惊恐地看着她，想透过嘴上的胶带说些什么。这时奥薇特已爬到塔顶，也就是桑妮被绑在上面的那扇窗户。

波特莱尔家中年龄最大的这个孤儿，正准备抓住她妹妹的笼子并把它放下来，却因为看到了某样东西而停下动作。奥薇特看见在她试了好几次之后，像蜘蛛一样的爪钩终于钩住了塔上的某样东西。奥薇特一边爬一边就在猜，可能钩到了石墙的凹槽或是窗户，要不然就是塔内房间的某样家具。事实上，都不是。奥薇特的爪钩钩住了另一只钩子。那是钩子手男人的一只钩子。而奥薇特看见，他的另一只钩子伸向她，在月光下闪闪发亮。

11.

钩子手男人说：
"我刚刚还在想，
我多么想看到你这张
漂亮的脸蛋。
来，请坐。"

钩子手男人恶心地装出悦耳的声音说："真高兴遇到你。"奥薇特急忙想爬下绳索，但是欧拉夫伯爵手下的动作比她更快。他一下子就将奥薇特钩进塔内的房间，然后钩子一翻，解救设备就哐啷一声掉到地上去了。现在奥薇特和她妹妹一样被困住了。"真高兴你来了，"钩子手男人说，"我刚刚还在想，我多么想看到你这张漂亮的脸蛋。来，请坐。"

"你要对我做什么？"奥薇特问。

"我说请坐！"钩子手男人咆哮道，把她推进椅子里。

奥薇特环顾着这个又暗又乱的房间。我相信你在人生的旅途中一定注意过，人们的房间正反映了他们的性格。举例来说，在我的房间里，我收藏了一些对我来说很重要的东西，包括一台我能弹上几首悲伤歌曲的生锈手风琴、一大摞记载了波特莱尔家孤儿们经历的笔记，以及一张很久以前拍的模糊照片，上面的女人名叫贝特丽丝。这些物品对我来说都非常珍贵。高塔房间里也有对欧拉夫伯爵来说非常珍贵的物品，但它们都很可怕。首先是几张纸，上头有他以潦草的字迹写下来的邪恶想法，目前正散乱地堆在他从克劳斯身边拿走的那本《婚姻法》上头。还有几张椅子，以及几支烛光摇曳的蜡烛。地板上则四散着空酒瓶和脏碟子。不过最醒目的还是眼睛：眼睛的素描、眼睛的油画、眼睛的雕刻，大大

小小，散布在整个房间里。天花板上面画有眼睛，并且向下延伸到肮脏的木头地板上。窗台上也有眼睛的涂鸦。就连通往楼梯的大门门把上也画着一只大眼睛。这里真是个可怕的地方。

钩子手男人把手伸进油腻外套的口袋里，拿出一部对讲机。他有点困难地按下按钮，等待着。"老板，是我。"他说，"你那位害羞的新娘刚爬到上面来，想要拯救那个会咬人的小家伙。"他停下来听欧拉夫伯爵说些什么，"我不知道，大概是绳索吧。"

"那是爪钩。"奥薇特一边说，一边把睡袍的袖子扯下来，当成绷带包扎肩膀，"我自己做的。"

"她说那是爪钩。"钩子手男人对着对讲机说，"我不知道，老板。是的，老板。是，老板，我当然知道她是你的。是，老板。"他按下按钮离线，然后把脸转向奥薇特，"欧拉夫伯爵对他新娘的举动很不满意。"

"我不是他的新娘。"奥薇特痛苦地说。

"你很快就是了。"钩子手男人一边说，一边像大部分人挥动手指那样挥动着他的钩子，"不过，在这之前，我必须先把你的弟弟抓来。你们三个在天黑之前都必须关在这个房间里。这样，欧拉夫伯爵就可以确定你们不会再惹出什么麻烦了。"话一说完，钩子手男人就走出了房间。奥薇特听到他出去时将门锁上，然后他的脚步声渐渐消失在楼梯间里。她立刻走向桑妮，将手放在她小小的头上。奥薇特不敢解开她妹妹，或是把她嘴巴上的胶带撕掉，因为怕会惹（也就是"引起"的意思）欧拉夫伯爵生气，所以她只是摸摸桑妮的头发，喃喃安慰她说没事了。

当然，并非没事了。事实上，一切都不对劲。当早晨第一道曙光慢慢照进高塔的房间里时，奥薇特正一桩桩回想她和弟弟、妹妹最近经历过的所有可怕的事情。他们的父母突然悲惨地死亡。波先生帮他们买了难看的衣服。他们搬进欧拉夫伯爵的家，被苛刻地对待。波先生拒绝帮助他们。他们发现欧拉夫伯爵心怀不轨，想要娶奥薇特并篡夺波特莱尔家的财产。克劳斯想要用他在斯特劳斯法官的图书室里学到的知识对抗欧拉夫伯爵，但失败了。可怜的桑妮被抓。还有，奥薇特试着解救桑妮，结果自己也被困住了。总之，波特莱尔家的孤儿们经历了一桩又一桩灾难，奥薇特觉得他们悲惨的处境令人惋惜，也就是说，所有的一切都让他们快乐不起来。

上楼的脚步声把奥薇特从思绪中拉回现实。一会儿，钩子手男人打开了门，把非常疲惫、困惑和恐惧的克劳斯推进

房间。

"这是最后一个孤儿，"钩子手男人说，"现在，我要去帮欧拉夫伯爵做今晚演出的最后准备。你们两个不要耍花招，要不然也把你们绑起来，吊在窗外。"他瞪着他们，再次锁上门，踩着重步下楼。

克劳斯眯着眼睛环顾这个肮脏的房间。他身上还穿着睡衣。"发生了什么事？"他问奥薇特，"我们怎么会在这里？"

"我想救桑妮，"奥薇特说，"就用我自己发明的爪钩爬上了这座高塔。"

克劳斯走到窗边，探头看向地面。"好高啊，"他说，"你一定非常害怕。"

"是很怕，"她承认，"但这不会比嫁给欧拉夫伯爵还可怕。"

"真遗憾你发明的东西没有发挥作用。"克劳斯悲伤地说。

"我的发明没问题，"奥薇特一边揉着疼痛的肩膀，一边说，"但是我一爬上来就被抓了。现在我们完蛋了。钩子手男人说他会把我们关在这里，直到晚上，接下来就是'美妙的婚礼'了。"

"你还能不能发明什么东西帮助我们逃脱？"克劳斯一边

打量这个房间，一边问。

"也许可以。"奥薇特说，"你要不要也到那堆书和纸里面找找看？或许可以找到一些有用的信息。"

接下来的几个小时，奥薇特和克劳斯翻遍了整个房间，并且搜寻着自己的脑袋，想要找到任何可以帮助他们的东西。奥薇特在找能让她有新发明的东西，克劳斯则翻阅着欧拉夫伯爵的纸张和书本。偶尔，他们会走向桑妮，对她微笑，拍拍她的头，想让她放心。有时候，奥薇特和克劳斯会彼此交谈，但大部分时间他们都沉默不语，沉浸在自己的思绪里。

"如果有汽油，"奥薇特在中午的时候说，"我就可以利用这些瓶子做出汽油弹。"

"汽油弹是什么？"克劳斯问。

"就是用瓶子做的小型炸弹，"奥薇特解释说，"我们可以把它们丢出窗外，吸引路人的注意。"

"但是我们没有汽油。"克劳斯沮丧地说。

接下来是几个小时的沉默。

"如果我们是'重婚者'，"克劳斯说，"欧拉夫伯爵的阴谋就无法得逞了。"

"什么是重婚者？"奥薇特问。

"重婚者就是不止和一个人结婚的人。"克劳斯解释说，"在此地，结婚对象超过一个人是违法的，所以即使有法官在场、'我愿意'的声明，以及文件上的亲笔签名，他们的婚姻仍是无效的。这是我从《婚姻法》上面读来的。"

"但我们不是重婚者。"奥薇特悲伤地说。

接下来又是几个小时的沉默。

"我们可以把这些瓶子敲成两半，"奥薇特说，"拿来当做刀子，但是我怕欧拉夫伯爵的手下一下子就把我们给制服了。"

"你可以说'我不愿意'而不是'我愿意'，"克劳斯说，"但我怕欧拉夫伯爵会下令把桑妮丢下高塔。"

"我的确是会。"欧拉夫伯爵说，孩子们都跳了起来。他们太专心讲话了，根本没听到他上楼来打开门的声音。他穿着花哨的西装，还帮眉毛上了蜡，好让它看起来和眼睛一样发亮。在他身后站着钩子手男人，脸上挂着微笑，对着孩子们挥挥他的钩子。"来，孤儿们，"欧拉夫伯爵说，"盛大典礼的时间到了。我的伙伴会留在这个房间里，通过对讲机与我密切保持联系。如果今晚的演出有任何差池，你们的妹妹就会被活活摔死。现在，你们跟着我走。"

奥薇特和克劳斯彼此看了看，又看向仍被关在笼子里吊着的桑妮，然后跟着欧拉夫伯爵走出门外。当克劳斯沿着高塔楼梯往下走时，他的心仿佛也跟着往下沉，因为他觉得所有的希望都破灭了，他们似乎真的走不出这个困境了。奥薇特也有同样的感觉，直到她伸出右手，抓住栏杆以保持平衡。她盯着自己的右手看了几秒钟，开始思考。一路走下楼梯，走出门外，来到戏院的一小段路上，奥薇特想了又想。她这辈子从没这么用力思考过。

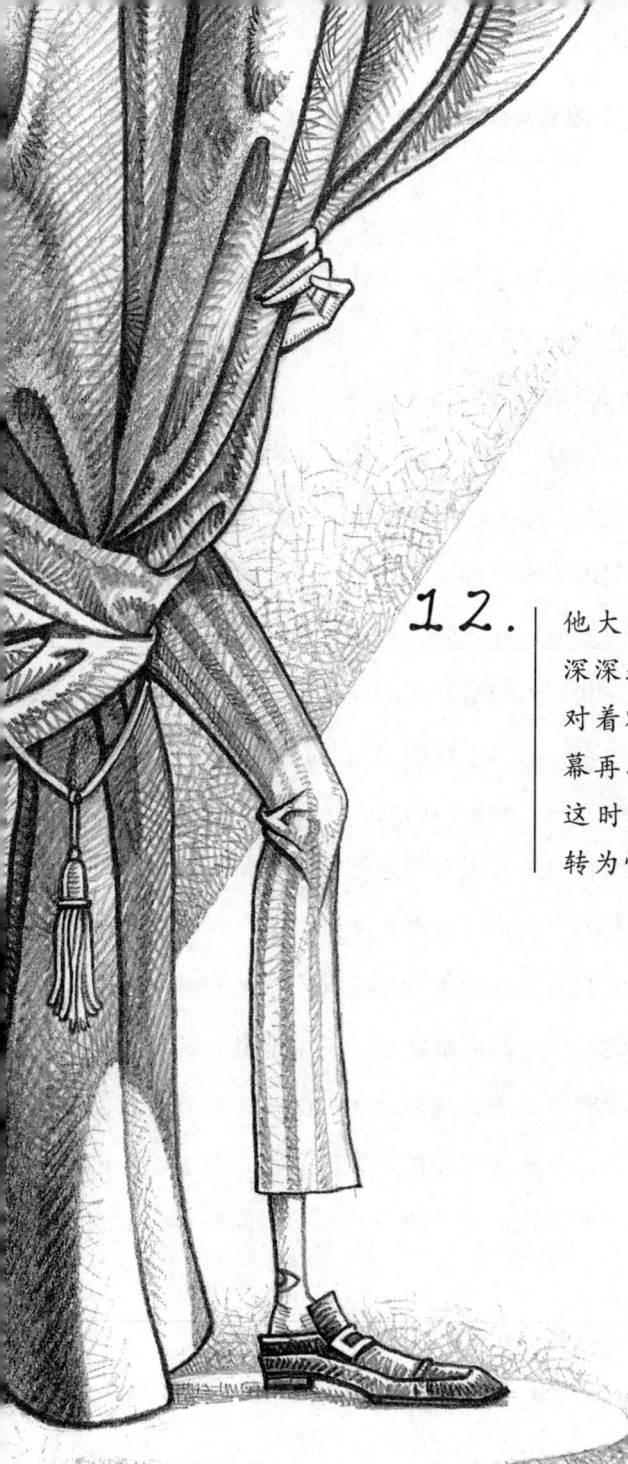

12.

他大步走到舞台正中央，
深深地一鞠躬，
对着观众挥手、送飞吻。
幕再次缓缓落下，
这时他脸上的表情再度
转为愤怒。

　　奥薇特和克劳斯站在欧拉夫伯爵戏院的后台，身上仍穿着睡袍和睡衣。此时的他们心神不定，既惧且惊，也就是说"他们对一件事情同时有两种不同的情绪"。一方面，他们的心中当然是充满了畏惧。听着台上传来的各种声音，波特莱尔家的这两名孤儿知道，《美妙的婚礼》已经开演，想要阻止欧拉夫伯爵的阴谋看来已经来不及了。不过另一方面，他们又十分惊喜，因为他们从未到过戏院的后台，所有事物看起来都十分新鲜。欧拉夫伯爵剧团的成员忙进忙出，根本无暇看这两个孩子一眼。三个很矮的男人拿着一大块木板，上头画的好像是客厅。两个脸很白的女人正往瓶子里插花，那瓶子远看像是大理石做的，近看却是纸板。一个脸上长满了疣，看起来很自大的男人正在调整大型灯具。当两个孩子偷偷往舞台看时，他们看见穿着花俏西装的欧拉夫伯爵正慷慨激昂地念着戏里的台词，然后幕就落下了。幕由一名短发女性控制，她正拉着滑轮上的长绳索。你可以看到，虽然心里很害怕，但这两个波特莱尔家年龄较大的孩子，对于正在进行的事情非常感兴趣，他们只希望自己无论如何都与台上的一切无关。

　　幕落下之后，欧拉夫伯爵大步走下舞台，看着这两个孩子。"第二幕都已经结束了，为什么孤儿还没换上戏服？"他

不满地对那两个脸很白的女人说。这时，观众席里爆出一阵掌声，他生气的表情瞬间转为愉悦，又走回台上。他打手势叫短发女人把幕升起来。在幕缓缓升起之后，他大步走到舞台正中央，深深地一鞠躬，对着观众挥手、送飞吻。幕再次缓缓落下，这时他脸上的表情再度转为愤怒。"中场休息只有十分钟，"他说，"接着孩子们就得上台。帮他们换上戏服，快！"

两个脸很白的女人一言不发，抓起奥薇特和克劳斯的手腕，把他们拽进化妆室。化妆室里布满灰尘，但很明亮，到处都是镜子和小灯，这样演员才能看清楚脸上的妆和头上的假发。换衣服的时候，有人大声地叫着对方的名字，有人则放声大笑。其中一个白脸女人将奥薇特的手臂往上一拉，把睡袍从她的头上扯掉，然后丢给她一条肮脏的、带蕾丝的白裙子，叫她穿上。与此同时，另一个白脸女人则把克劳斯的睡衣脱掉，迅速将他塞进一件蓝色的水手服里。这衣服穿起来很痒，而且让他看起来就像是个刚学会走路的幼童。

"是不是很叫人兴奋啊？"一个声音说。两个孩子一转身，看见斯特劳斯法官身穿法官的长袍，头上戴着米粉状的假发，手里抓着一本小书。"你们看起来棒极了。"

"您也是，"克劳斯说，"那是什么书？"

"哦，这是我的台词。"斯特劳斯法官说，"欧拉夫伯爵告诉我，为了让戏尽量写实，我要带本法律书，然后照真的结婚典礼那样宣读。奥薇特，你只要说一句'我愿意'，我可得说上一大篇呢。这真是太有趣了。"

"知道怎样才有趣吗？"奥薇特小心翼翼地说，"您只要稍微改变一下台词，只要一下下就好。"

克劳斯的脸突然亮了起来："对啊，斯特劳斯法官，要有创意嘛。没理由一定要照本宣科啊，反正又不是真的结婚典礼。"

斯特劳斯法官面露难色。"我不知道，孩子们。"她说，"我想最好还是按照欧拉夫伯爵的指示。毕竟，这戏是由他负责的。"

"斯特劳斯法官！"有个声音在叫，"斯特劳斯法官！请向化妆师报到。"

"哦，天啊，我得去化妆了。"斯特劳斯法官的脸上满是梦幻的神情，好像她即将戴上女王的王冠，而不是让别人在她脸上涂涂抹抹。"孩子们，我得走了。舞台上见喽，亲爱的。"

斯特劳斯法官跑着离开，留下孩子们继续换他们的戏服。一个白脸女人为奥薇特戴上有花的头饰，奥薇特惊恐地

发现，她换穿的衣服正是新娘装。另一个女人为克劳斯戴上水手帽，他看着一面镜子，觉得自己实在丑毙了。他的目光和奥薇特的目光相会，她此时也正看着镜子。

"我们该怎么办？"克劳斯小声问，"假装生病？或许他们会取消演出。"

"欧拉夫伯爵会知道我们在打什么主意。"奥薇特忧郁地说。

"芬库特的《美妙的婚礼》第三幕就要开始了，"一个拿着夹板的男子喊道，"每个人请就第三幕的定位。"

演员们急忙走出房间，白脸女人也抓着两个孩子，催促他们跟着演员出去。后台此刻陷入一片混乱，演员和舞台工作人员走来走去，忙着做最后一分钟的细节确认。长鼻子秃头男人匆忙走过孩子们身边，突然停下来，看着穿上结婚礼服的奥薇特，露出不自然的假笑。

"可不要开玩笑。"他摇动枯瘦的手指对他们说，"记住，当你们出场时，该怎么做就怎么做。欧拉夫伯爵整幕都会拿着对讲机，你们只要有一件事出错，他就会下命令处理高塔上的桑妮。"

"是，是。"克劳斯痛苦地说。他对于一再被以同样的方式威胁已经感到疲倦。

"你们最好按照计划做。"这男人又说了一遍。

"我相信他们会。"有一个声音突然说道。孩子们转头，看见了波先生，他穿得非常正式，身边站着他的太太。他对着孩子们微笑，然后走过来和他们握手："波莉和我只是要过来祝福你们满堂红。"

"什么？"克劳斯惊恐地说。

"这是贺词，"波先生解释，"希望'你们今晚演出非常成功'的意思。看到你们适应了和新父亲的生活，还参加这样的家庭活动，我感到很高兴。"

"波先生，"克劳斯慌忙说道，"奥薇特和我有事要跟您说。很重要。"

"什么事？"波先生问。

"是呀，"欧拉夫伯爵说，"你们要跟波先生说些什么呢，孩子们？"

欧拉夫伯爵突然出现，好像凭空跑出来似的，他发亮的眼睛意味深长地瞪着孩子们。奥薇特和克劳斯看见他其中一只手正握着对讲机。

"我们只是很感激您之前为我们所做的一切，"克劳斯无力地说，"我们要说的就是这件事。"

"哪里，哪里。"波先生拍着他的背说，"好了，波莉和

我最好赶快就位了。满堂红啊，孩子们。"

"真不希望欧拉夫伯爵的戏满堂红。"克劳斯小声对奥薇特说，然后波先生就离开了。

"我们很快就会知道了。"欧拉夫伯爵说着，把两个孩子推向舞台。其他演员闹哄哄地乱成一团，忙着要就第三幕的定位。斯特劳斯法官则远远站在角落，埋头看着法律书练习台词。克劳斯看了一眼舞台，心里盘算还有谁可以帮得上忙。长鼻子秃头男人抓起克劳斯的手，把他拉到一边。

"在这一整幕里，你和我就站在这里。就只有这样。"

"我知道整幕是什么意思。"克劳斯说。

"别耍花招。"秃头男人说。幕升起时，克劳斯看见他姐姐身穿结婚礼服，站在欧拉夫伯爵身边。《美妙的婚礼》第三幕正式开始了，克劳斯听见观众席中响起一阵掌声。

芬库特写的这出戏很"无趣"，也就是"既沉闷又愚蠢"的意思，我如果详细描述情节，你们恐怕不会有太大兴趣，而且对我们的故事来说也无关紧要。男女演员在布景前走来走去，说着非常乏味的台词，克劳斯则试着和他们眼神接触，看看他们是否愿意帮忙。他很快就发现，这出戏会上演，根本就是为了欧拉夫伯爵的邪恶计划，而不是它有什么娱乐价值，因为他可以感觉到，观众们已经失去兴趣，开始在座位上动来动去。克劳斯把注意力转移到观众身上，希望有人察觉到有什么事情不对劲，但脸上长满疣的男人打灯的方式，让克劳斯看不清楚观众们的脸，只隐约看得见身形轮廓。欧拉夫伯爵这时正在发表长篇大论，手势和表情都很夸张。似乎没有人注意到，他手上一直拿着对讲机。

终于，斯特劳斯法官开始说话了，克劳斯看见她直接读着法律书上的文字。因为是第一次登台表演，她双眼发亮，两颊泛红，整个人陶醉其中，根本不知道自己已成了欧拉夫伯爵阴谋的一部分。她一直说着，无论健康或疾病，时运是好是坏，欧拉夫和奥薇特都要彼此照顾，还有其他一些对即将（不管是为了什么理由）结婚的人会说的话。

发表完演说之后，斯特劳斯法官转身面对欧拉夫伯爵，问他："你愿不愿意娶这位女子作为你合法的妻子？"

"我愿意。"欧拉夫伯爵微笑着说。克劳斯看见奥薇特全身都在发抖。

"你，"斯特劳斯转向奥薇特，"愿不愿意嫁给这位男子，让他成为你合法的丈夫？"

"我愿意。"奥薇特说。克劳斯紧握住拳头。他的姐姐已经在法官面前说出"我愿意"，一旦她在正式文件上签名，婚礼就具有法律效力了。这时克劳斯看见，斯特劳斯法官正

从其他演员手中接过文件，交给奥薇特签名。

"不许动。"秃头男人低声对克劳斯说。克劳斯想到此刻仍吊在塔顶上的桑妮，只好站住不动，眼睁睁看着奥薇特从欧拉夫伯爵手中接过长长的鹅毛笔。奥薇特低头看着文件，眼睛瞪得好大，脸色变得苍白。然后，她用颤抖的左手，签下自己的名字。

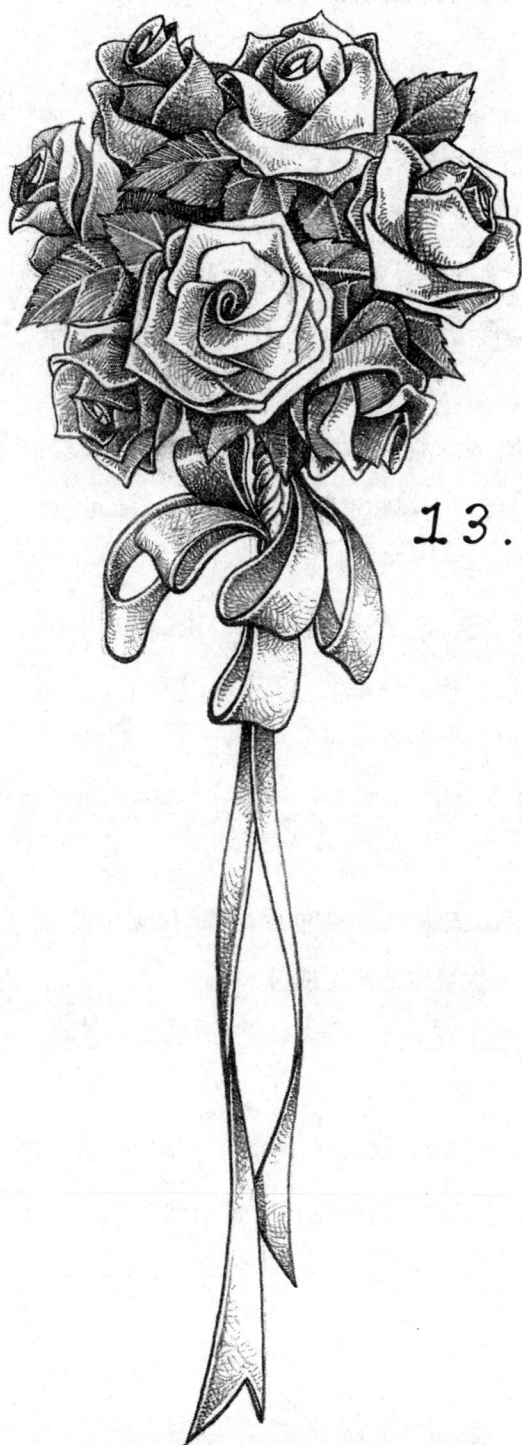

13.

故事进行到这里，
我不得不先中断，
并最后一次警告你。

欧拉夫伯爵走向前，对观众说："各位女士、先生，请注意，我有一件事情要宣布。今晚的演出不用再继续了，因为目的已经达到。刚才并不是虚构的场景，我和奥薇特·波特莱尔的婚姻是完全合法的，所以现在我有权控制她全部的财产。"

所有观众都倒抽一口凉气，有些演员则惊讶地看着彼此。很显然，并不是每个人都知道欧拉夫的阴谋。"不可能！"斯特劳斯法官叫了出来。

"此地的婚姻法律很简单，"欧拉夫伯爵说，"新娘必须在你这样的法官面前说出'我愿意'，并且在文件上签名。而你们，"欧拉夫伯爵指着所有观众，"都是目击证人。"

"但奥薇特只是个孩子，"一个演员说，"她还不到结婚的法定年龄。"

"只要她的法定监护人同意就可以，"欧拉夫伯爵说，"我不但是她的丈夫，也是她的法定监护人。"

"但那张纸并不是正式文件，"斯特劳斯法官说，"那只是个舞台道具。"

欧拉夫伯爵从奥薇特手中拿过那张纸，交给斯特劳斯法官："我想，如果你仔细看，就会发现它是市政府核发的正式文件。"

斯特劳斯法官很快把手中的文件浏览一遍。然后，她紧闭着双眼，深深地叹了一口气，接着又皱起眉头，用力地思考。克劳斯看着她，心里想，当她在高等法院上班时，是不是也这副表情。"你是对的，"她最后对欧拉夫伯爵说，"很不幸，这桩婚姻完全合法。奥薇特说了'我愿意'，并亲笔在这份文件上签了名。欧拉夫伯爵，你现在是奥薇特的丈夫了，可以全权处理她的财产。"

"不可能！"观众席里传来一个声音，克劳斯认得那是波先生。他跑上舞台的阶梯，从斯特劳斯法官的手中夺下那份文件："真是场可怕的闹剧！"

"这场可怕的闹剧恐怕于法有据，"斯特劳斯法官说，她的双眼充满了泪水，"我不敢相信自己这么容易被骗。"她说，"我从没想过要伤害这些孩子，从来没有。"

"你的确很好骗，"欧拉夫伯爵龇牙咧嘴地说，法官这时哭了起来，"有如儿戏般就让我拿到了财产。现在，请容我向所有人告辞，新娘和我必须回家入洞房了。"

"先放桑妮走！"克劳斯突然大喊，"你答应要放她走的！"

"桑妮在哪里？"波先生问。

"她现在走不开——"欧拉夫伯爵说，"不好意思，开个小玩笑。"他双眼发亮，按下对讲机的按钮，等钩子手男人回答，"喂? 是，当然是我，你这个笨蛋。一切都按照计划完成了。请把桑妮从笼子里放下来，然后直接带她到戏院来。克劳斯和桑妮在上床前还有些杂事要做。"欧拉夫伯爵恶狠狠地看着克劳斯，问，"你现在满意了吗?"

"是。"克劳斯小声说。当然，他一点都不满意，但至少他的小妹不会继续吊在塔顶上了。

"别以为你很安全，"秃头男子低声对克劳斯说，"欧拉夫伯爵等一下会处理你们两个。他只是不想在众人面前那样做。"他不用对克劳斯解释"处理"是什么意思。

"嘿，我一点都不满意。"波先生说，"这简直骇人听闻，令人毛骨悚然。讲到钱，就更可怕了。"

"不过我想，"欧拉夫伯爵说，"它在法律上是有约束力的。明天，波先生，我会到银行去，把波特莱尔家的财产全部领出来。"

波先生张开嘴巴好像要说些什么，却开始咳嗽。他对着手帕咳了几秒钟，所有的人都在等他说话。"我不允许，"波先生擦完嘴巴之后，喘着气说，"我绝对不允许。"

"恐怕你不允许也不行。"欧拉夫伯爵回答。

"恐怕……恐怕欧拉夫说得没错。"斯特劳斯法官说，双

眼仍噙着泪水，"这桩婚姻具有法律约束力。"

"对不起，"奥薇特突然说，"我想您可能错了。"

每个人都转头看向波特莱尔家年龄最大的孤儿。

"你说什么，伯爵夫人？"欧拉夫说。

"我不是你的什么伯爵夫人，"奥薇特恼火地说，语气中充满怒气，"至少，我认为我不是。"

"这是为什么？"欧拉夫伯爵问。

"我没有按照法律上的规定，亲手签名。"奥薇特说。

"你什么意思？我们都看到啦！"欧拉夫伯爵的眉毛开始因为生气而扬起。

"恐怕你先生说得没错，亲爱的。"斯特劳斯法官悲伤地说，"否认也没有用，有太多目击者了。"

"和多数人一样，"奥薇特说，"我习惯用右手，但在文件上签名，我却是用左手。"

"什么？"欧拉夫伯爵大叫。他从斯特劳斯法官手中抢下那份文件，低头看着。他的眼睛变得非常亮。"你骗人！"他对奥薇特恶狠狠地说。

"不，她没有，"克劳斯兴奋地说，"我还记得，因为她签名时，我正看着她颤抖的左手。"

"你没有办法证明。"欧拉夫伯爵说。

"如果你愿意，"奥薇特说，"我很乐意再签一次名，不过要在另一张纸上，先用我的右手，再用我的左手。然后我们可以看看，哪个签名和文件上的最像。"

"你用哪只手签名根本是细枝末节，"欧拉夫伯爵说，"一点都不重要。"

"先生，是否细枝末节，"波先生说，"我想应该由斯特劳斯法官来裁决。"

每个人都看向斯特劳斯法官，她正在擦干脸上的眼泪。"让我看看。"她小声说，看完之后又闭上眼睛。她深深地叹了一口气，然后皱起眉毛，认真地思考这个情况。这时，波特莱尔家的孤儿们，还有所有喜欢他们的人，全都屏息以待。最后，斯特劳斯法官笑了。"如果奥薇特的确习惯用右手，"她谨慎地说，"而她在文件上签名却是用左手，那么这个签名就不符合婚姻法的要求。法律明确规定，文件必须由新娘亲手签名。因此，我们可以得出结论，这桩婚姻无效。奥薇特，你不是伯爵夫人，而欧拉夫伯爵，你也无权过问波特莱尔家的财产。"

"好！"有名观众大喊，还有好几个人鼓掌。除非你是律师，要不然你可能会很讶异，欧拉夫伯爵的阴谋会失败，竟然是因为奥薇特用左手而不是用右手签名。不过法律就是这

么奇怪。比方说，欧洲某个国家的法律就规定，所有面包店里卖的面包，价钱要完全一样。某个小岛上的法律禁止任何人采摘水果。而离你住的地方不远的某个小镇则有一项法律规定，边境五公里以内禁止任何人进入。如果奥薇特用右手在婚姻契约上签名，依照法律她必须成为可怜的伯爵夫人，但因为她是用左手签名，所以她还是一名可怜的孤儿，这可让她大大地松了口气。

当然，这对奥薇特和她的弟弟、妹妹来说，是个好消息，对欧拉夫伯爵而言却是个坏消息。尽管如此，他还是对着众人狰狞地笑着。"既然如此，"他的手按着对讲机，对奥薇特说，"你必须再嫁给我一次，而且这次不能再出错，要不然……"

"尼布！"桑妮不会让人听错的声音盖过了欧拉夫伯爵，只见她摇摇晃晃地走向台上的姐姐和哥哥。钩子手男人跟在她后面，手中的对讲机发出哧哧喳喳的噪音。欧拉夫伯爵要改主意已经来不及了。

"桑妮，你没事了！"克劳斯叫了出来，跑上前拥抱妹妹。奥薇特也冲向前去，波特莱尔家两个年龄较大的孩子，万般疼惜地抱着这个最小的孩子。

"谁去拿点东西给她吃，"奥薇特说，"她吊在高塔的窗户上这么久，一定饿坏了。"

"蛋糕！"桑妮尖叫。

"啊！"欧拉夫伯爵吼道。他像头困在笼子里的野兽般走来走去，然后停下来用手指着奥薇特。"你或许不是我的太太，"他说，"但你还是我的女儿，而且……"

"你真的以为，"波先生用恼怒的声音说，"看到今晚发生在这里的背信行为之后，我还会让你继续照顾这三个孩子吗？"

"这三个孤儿是我的，"欧拉夫伯爵仍坚持道，"他们应该和我在一起！而且想要和某人结婚也并不违法。"

"但是把一个婴儿吊在高塔的窗户外面就是违法了。"斯特劳斯法官愤慨地说，"欧拉夫伯爵，你必须被关进监狱，而这三个孩子要跟我住在一起。"

"逮捕他！"观众里有人叫道，其他人群起附和。

"送他进监狱！"

"这个人真是邪恶！"

"把钱退给我们！这出戏烂透了！"

波先生抓住欧拉夫伯爵的手臂，突然咳了几声之后，以严厉的声音宣布："我现在以法律之名逮捕你。"

"哦，斯特劳斯法官，"奥薇特说，"您刚刚说的是真的

吗？我们真的可以跟您住在一起吗？"

"我当然是说真的，"斯特劳斯法官说，"我非常喜欢你们三个，因此你们的幸福，我也有责任。"

"那我们可以每天使用图书室吗？"克劳斯问。

"我们可以在花园里工作吗？"奥薇特问。

"蛋糕！"桑妮再次尖叫，每个人都笑了起来。

故事进行到这里，我不得不先中断，并最后一次警告你。如同我在一开始所说的，你手上拿的这本书，并没有快乐的结局。现在看来好像欧拉夫伯爵会进监狱，而波特莱尔家的三个孩子和斯特劳斯法官，会从此幸福地住在一起，但事实并非如此。如果你愿意，你可以在这个节骨眼上把书合起来，不要看接下来会发生的不快乐结局。你可以在这辈子里一直相信，波特莱尔家的孩子们战胜了欧拉夫伯爵，从此幸福地住在斯特劳斯法官的家中，但故事并不是这样发展的。当大家因为桑妮大叫着要蛋糕而发笑时，脸上长满疣、看起来很自大的那个人，正偷偷走向控制舞台灯光的开关。

说时迟，那时快，那人按下总开关，所有的灯光瞬间熄灭，每个人的眼前都是一片黑暗。现场陷入一片混乱，所有人都慌乱奔跑，大声叫喊。演员跌倒在观众身上，观众则被戏院道具给绊倒。波先生抓着太太的手，以为她是欧拉夫伯爵。克劳斯则抱着桑妮，将她尽可能举高，这样她才不会受伤。奥薇特立刻就明白了是怎么一回事，她小心翼翼地走到记忆中灯光开关的位置。之前戏正在上演时，奥薇特曾仔细看过灯光控制开关，并在心里面默记，想着哪天要发明东西时或许会用得到。她很确定，只要找得到开关，就能让戏院重现光明。她像盲人一样向前伸长手臂，慢慢地走过舞台，小心地绕过好几件家具和受到惊吓的演员。在黑暗中，奥薇特的白色结婚礼服慢慢地飘过舞台，看起来就像个鬼魅。当奥薇特摸到开关时，她感觉到有人把手放在了自己的肩膀上。有一个人影弯下身来，在她的耳边低声说话。

"我死也要拿到你们的财产，"那个声音沉沉地说道，"一旦让我拿到了，我会亲手杀掉你和你的弟弟、妹妹。"

奥薇特因为害怕而小声惊呼，但仍用手按下开关。整个戏院顿时一片光明。每个人都眯着眼睛到处看。波先生放开了他太太，克劳斯则把桑妮放下来，但没有人在摸奥薇特的肩膀。显然，欧拉夫伯爵已经走掉了。

"他去哪儿了？"波先生喊道，"他们全都跑去哪儿了？"

波特莱尔家的孩子们环顾四周，发现不止欧拉夫伯爵消失了，他的同党——包括脸上长满疣的男子、钩子手男人、

长鼻子秃头男人、看起来不男不女的巨人，还有两个白脸女人——都随着他一起消失了。

"他们一定是跑到外面去了，"克劳斯说，"趁着一片黑暗的时候。"

波先生带头走到外面，斯特劳斯法官和孩子们跟在后头。在街道很远很远的尽头，他们看见一辆黑色加长型轿车正开进夜色里。或许车上载着欧拉夫伯爵和他的手下，或许没有，但无论如何，车子转了个弯，转眼消失在黑暗之中。孩子们一言不发地看着。

"该死，"波先生说，"他们跑掉了。但不要担心，孩子们，我们会抓到他们。我现在就去打电话给警察。"

奥薇特、克劳斯和桑妮看着彼此，他们知道事情不会像波先生说得那样简单。欧拉夫伯爵会小心躲起来，然后计划他的下一步。他太狡猾了，像波先生这样的人是抓不到他的。

"好了，我们回家吧，孩子们。"斯特劳斯法官说，"我们可以等到早上再来担心这件事，到时候我会帮你们准备美味的早餐。"

波先生咳了一声。"等一下，"他看着地板，说，"我很遗憾得这么说，孩子们，但我不能让亲属以外的人来抚养你们。"

"什么？"奥薇特叫了出来，"斯特劳斯法官为我们付出这么多也不行？"

"如果不是她和她的图书室，我们也猜不到欧拉夫伯爵的阴谋；"克劳斯说，"如果不是斯特劳斯法官，我们早就没命了。"

"或许事实的确如此，"波先生说，"我也很感谢斯特劳斯法官的慷慨，但你们父母的遗嘱上交代得很清楚，你们必须由亲戚领养。今天晚上，你们就和我回家，明天我到银行上班时，会想想你们该怎么办。很抱歉，事情就是这样。"

孩子们看着斯特劳斯法官，后者深深地叹了一口气，然后一个一个拥抱波特莱尔家的孩子。"波先生是对的，"她悲伤地说，"他必须尊重你们父母的心愿。你们难道不想按照父母的想法去做吗，孩子们？"

奥薇特、克劳斯和桑妮想到了他们挚爱的父母，心里更加希望那场大火从来没有发生过。他们从未感觉到如此孤单。他们非常想和这位仁慈又大方的女士一起生活，但也知道这是不可能的。"我想您是对的，斯特劳斯法官，"奥薇特最后说，"我们会非常想念您的。"

"我也会想你们。"她说，双眼再次充满泪水。每个孩子和斯特劳斯法官最后一次拥抱，然后跟着波先生和波太太上车。波特莱尔家的孤儿们挤进后座里，透过车后窗看着斯特劳斯法官，她正哭着对他们挥手。他们的前方是黑压压的街道，那正是欧拉夫伯爵逃走的方向。他们的身后则是仁慈的法官，她对这三个孩子是如此关爱。对奥薇特、克劳斯和桑妮来说，波先生和法律似乎做了错误的决定，要把他们带离和斯特劳斯法官一起快乐生活的可能性，然后把他们推向和某个陌生亲戚住在一起的未知命运。他们无法理解，但就像生命中很多不幸的事情一样，你无法理解不代表它就不会发生。因为夜里的寒冷，波特莱尔家的孩子们再次抱在一起，不断地对着车后的窗户挥手。车子愈开愈远，斯特劳斯法官最终变成了黑暗中的一个小点。对孩子们来说，他们似乎正"脱离常轨"，往一个"大错特错，且会有大难临头的方向"奔去。

悲惨的开始

亲爱的编辑，您好，

我目前在爬虫学会伦敦分会，正想办法调查在可怕的悲剧发生之后，蒙哥马利·蒙哥马利博士所搜集的爬行动物到底怎么样了。蒙哥马利·蒙哥马利博士就是后来照顾波特莱尔家孤儿的人。

我的同事会在下星期二晚上十一点，将一个防水的小箱子放在伊雷克特拉饭店前面的电话亭里。请在午夜前将它取回，以免落入坏人的手中。您可以在箱子里找到我描述这些可怕事件的文章，标题叫做《可怕的爬虫屋》。除此之外，还有一张倒霉巷的地图、一部影片《雪地里的僵尸》和蒙哥马利博士的椰子奶油蛋糕食谱。我也在设法寻找卢卡风博士的照片，好让埃尔奎斯特先生画出他的画像。

记住，要让波特莱尔家孤儿的故事公诸于世，您是我最后的希望。

谨此

雷蒙尼·斯尼科特